Klarant Verlag

Jan Olsen ist das neue Pseudonym eines seit 1991 in verschiedenen Genres erfolgreichen Schriftstellers. Jan ist mit einer Hebamme verheiratet, hat drei inzwischen erwachsene Kinder und darf sich seit Kurzem auch Großvater nennen. Als Kind des Nordens ist er der Nordsee mit all ihren rauen und lieblichen Facetten besonders zugetan und ließ kaum eine Ferienzeit verstreichen, ohne diese Gestade mit seiner Familie zu besuchen. Auch heute noch stehen Ferien an der Nordsee jedes Jahr auf dem Programm. Seine Vorliebe für die Nordsee und die dort lebenden Menschen kann er in seinen Ostfrieslandkrimis nun nach Herzenslust ausleben.

Jan Olsen

Die Leiche am Greetsieler Hafen

Ostfrieslandkrimi

Klarant Verlag

Kapitel 1

Steffen Grotje stieg die Deichtreppe hinauf. Bei jedem Schild, das die Deichacht an den Stufen angebracht hatte und an den Wasserhochstand der Sturmfluten erinnerte, die Greetsiel heimgesucht hatten, blieb er andächtig stehen. Er sah sich dann um und versuchte sich vorzustellen, wie es in dem Fischerdorf ausgesehen haben mochte, als das Wasser bis an diese Stufe reichte, auf der er gerade stand. Ein Schauer überkam ihn wie ein leichtes Frösteln, und er bedauerte ein wenig, dass er nicht all diese Sturmfluten hatte miterleben dürfen.

Bei der Flut von 2006 war Steffen, damals ein Knirps von dreizehn Jahren, allerdings zugegen gewesen. Die während dieser Katastrophe in Greetsiel von seinem Vater geschossenen Fotos hatten Steffen im Internet viel Aufmerksamkeit beschert, als er sie zusammen mit seinen Erinnerungen veröffentlicht hatte. Seine Social-Media-Kanäle hatten eine Menge Follower hinzugewonnen, und seine dort geposteten Fotos und Kurzfilme waren tausendfach mit lobenden Kommentaren oder einem Daumen-hoch-Symbol bedacht worden.

»Das waren noch Zeiten«, flüsterte er wehmütig, während er an diese aufregenden Tage zurückdachte. Leider verrauchte der Ruhm, den es im Internet einzuheimsen gab, genauso schnell wieder, wie er einem zufiel. Wer nicht schnell Interessantes nachlieferte, geriet bald in Vergessenheit, ein Schicksal, dem sich auch Steffen nicht hatte entgegenstellen können, denn im beschaulichen Greetsiel ereignete sich nicht oft etwas Sensationelles, über das man im Internet hätte berichten können. Er hatte zwar einige Tausend Follower, war damit aber gerade einmal das, was man einen Nano-Influencer nannte.

Steffen gab sich einen Ruck und erklomm die letzten Treppenstufen. Oben auf dem Deich zum Yachthafen angekommen, empfingen ihn die wärmenden Strahlen der Morgensonne. Es versprach, ein schöner Sommertag zu werden. Das herrliche Ferienwetter hatte sogar schon einige Touristen zu dem nahegelegenen Aussichtspunkt gelockt, von dem aus der Yachthafen und natürlich auch die Krabbenkutter in Ruhe betrachtet und fotografiert werden konnten.

Steffen, dem sich auf dem Deich ein hervorragender Überblick bot, sah sich auf der Suche nach einem lohnenden Fotomotiv um. Die weißen Segelyachten, die in Reihe und Glied an den Stegen festgemacht waren, schwankten nicht ein bisschen, denn das Wasser im

Hafenbecken war ruhig und glatt. Um die Krabbenkutter zu erspähen, musste Steffen sich zur Seite drehen. Ein paar Fischer hantierten an den Netzen oder turnten zwischen den Aufbauten ihrer roten, grünen oder blauen Kutter umher. Diese malerischen Anblicke erschienen Steffen jedoch nicht reißerisch genug. Fotos oder Filmchen dieser Art hatte er bereits zur Genüge veröffentlicht. Neue Aufnahmen des historischen Krabbenkutterhafens würden ihm zwar ein paar wohlmeinende Kommentare und Finde-ich-gut-Markierungen einbringen, mehr aber auch nicht. Die Eintönigkeit seiner Beiträge könnte den einen oder anderen womöglich dazu verleiten, seinen Kanal abzuwählen oder ihm sogar die virtuelle Freundschaft zu kündigen.

Eine schreckliche Vorstellung!

Steffen schlenderte auf die Stelle zu, wo der Deich von der Toranlage durchbrochen wurde. Mit langem Hals spähte er zum Schöpfwerk hinüber. Das hohe Backsteingebäude mit den schlanken Fenstern erhob sich trutzig an der Deichflanke, um über die Greetsieler Binnenmuhde und den Hafen zu wachen.

Steffen hatte gehofft, Elko Meming, den Schöpfwerkmeister, in den frühen Morgenstunden auf dem Deich anzutreffen. Elko begann seinen Arbeitstag oft damit, die Wasserstände des Hafens und der Binnenmuhde per Augenschein zu begutachten. Aber ausgerechnet heute hatte ihn etwas von dieser Gepflogenheit abgehalten. Steffen, der ein paar Fragen vorbereitet hatte, die er dem betagten Mann stellen wollte, während er ihn mit seinem Smartphone filmte, ärgerte sich. Er hatte dieses Interview im Internet bereits angekündigt, um die Neugier seiner Follower zu wecken. Wenn er jetzt nicht lieferte, würde er etliche Leute enttäuschen, und das war nicht gut.

»Wenn der Fisch nicht ins Netz geht, muss das Netz eben zum Fisch gehen«, wandelte er das Sprichwort über den Propheten und den Berg für sich leicht ab, um sich Mut zuzusprechen.

Elko Meming war eine resolute, respekteinflößende Person, deren ostfriesische Direktheit den Umgang mit ihr nicht immer leicht machte. Ihn anzusprechen und um ein Interview zu bitten, wenn er sich die Muße nahm, auf dem Deich nach den Wasserständen zu schauen, war schon eine heikle Angelegenheit, ihn aber bei einer wichtigen Arbeit zu stören, würde unweigerlich seinen Unmut hervorrufen. Denn dass ihn irgendetwas Wichtiges von seinem Gang auf den Deich abgehalten hatte, daran zweifelte Steffen nicht. Elko würde jetzt vermutlich beschäftigt und vielleicht sogar schlechtgelaunt sein, weil ein Vorfall im Schöpfwerk seine Tagesroutine durcheinandergebracht hatte. Ihn jetzt aufzusuchen und mit seinem Anliegen zu behelligen, könnte am Ende dazu führen, dass Steffen mit schroffen Worten abgewiesen wurde.

Auf seinem Weg, ein erfolgreicher Influencer zu werden, konnte Steffen jedoch ebenso hartnäckig, wenn nicht sogar penetrant sein. Manchmal wünschte er sich allerdings, dass er ein bisschen abgebrühter und weniger ängstlich wäre, denn dann würde er sicherlich an wesentlich interessanteres Foto- und Filmmaterial herankommen und im Internet noch mehr Aufmerksamkeit auf sich ziehen.

Mit diesen Gedanken beschäftigt, marschierte er auf das Schöpfwerk zu. »Das Netz geht zum Fisch«, murmelte er unentwegt, um nicht die Courage zu verlieren und umzukehren. Er erreichte den kleinen, eingezäunten Vorplatz, auf dem ein Traktor stand. Es freute ihn, als er sah, dass das Gittertor offen stand und ihm der Weg zum Eingang des Gebäudes nicht verstellt wurde. Forsch überquerte er den Platz und ging dann eiligen Schrittes an dem Haus entlang bis zur Tür. Die war nur angelehnt, wie er verwundert feststellte. Eine weitere Hürde, die sich für ihn in Wohlgefallen aufgelöst hatte. Er brauchte also gar nicht erst zu klingeln oder zu klopfen, um den Schöpfwerkmeister auf sich aufmerksam zu machen, was überdies ziemlich schwierig, wenn nicht gar unmöglich gewesen wäre, wenn die Pumpen gerade arbeiteten und lärmten.

Steffen drückte die Tür vollends auf und trat zögernd ein. Die Halle, die sich vor ihm auftat, wurde von drei grünen, zylinderförmigen Pumpen dominiert, die mehr als mannshoch waren. Sie standen in gerader Reihe vor der Fensterfront, waren zurzeit aber inaktiv, wie die Ruhe verriet, die im Innern des Gebäudes herrschte. Die Wände ringsum strahlten in reinem Weiß und auch der Kachelboden sah makellos aus. Der grüne Lackanstrich der Maschinen glänzte wie poliert. Es roch nach Maschinenöl und Putzmittel.

Nicht nur wegen der Touristen, die hin und wieder durch das Schöpfwerk geführt wurden, achtete Elko darauf, dass sich die Anlage stets in tadellosem Zustand befand. Er liebte seine Arbeit im Schöpfwerk und wusste, wie viel Verantwortung auf seinen Schultern lastete. Die Anlagen zu warten, zu pflegen und nötigenfalls zu reparieren, war für ihn eine Selbstverständlichkeit.

Momentan war lediglich ein unterschwelliges Surren und Brummen zu hören. Die Anlage war bereit, ihre Arbeit zu beginnen, sobald die Automatik ansprang. Die Entwässerung Greetsiels funktionierte teilautomatisch, wie Steffen wusste. Dass die Pumpen stillstanden, musste ihn also nicht beunruhigen. Ihr Einsatz war momentan wohl einfach nicht erforderlich, weil der Wasserstand unkritisch war.

Merkwürdig allerdings war, dass Steffen den Schöpfwerkmeister nirgendwo erspähen konnte. Wo sonst, wenn nicht in der Maschinenhalle, sollte er sich in dieser frühen Morgenstunde aufhalten? Die offen stehende Tür war ein sicherer Beleg dafür, dass sich Elko im Gebäude aufhielt. »Vielleicht ist er bei der Steueranlage«, murmelte Steffen und machte sich auf den Weg zum angrenzenden Raum. Ihm war ein wenig mulmig zumute, die Halle zu durchqueren, ohne dass Elko ihm dies erlaubt hatte. Wenn der Schöpfwerkmeister ihn dabei überraschte, wie er unbefugt in der Anlage herumspazierte, musste er sich auf eine Standpauke gefasst machen.

Steffen zog vorsorglich sein Smartphone aus der Hosentasche und schaltete die Kamera ein. Wenn Elko merkte, dass er gefilmt wurde, würde er womöglich ein wenig zurückhaltender reagieren, wenn Steffen ihm gleich über den Weg lief.

Plötzlich hielt er im Schritt inne. Er war gerade im Begriff gewesen, an der mittleren Pumpe vorbeizugehen, als er aus den Augenwinkeln etwas Merkwürdiges bemerkt hatte. Er wandte sich der zylinderförmigen Maschine nun gänzlich zu – und schreckte leicht zurück, als er die Beine sah, die hinter der Pumpe hervorlugten. Da lag offenbar jemand auf dem Boden, von dem nur die Unterschenkel und Füße zu sehen waren, während der Rest des Körpers von der Maschine verdeckt wurde.

Dass diese Beine Elko Meming gehörten, daran zweifelte Steffen keine Sekunde. Das robuste Schuhwerk und die Arbeitshose waren unverkennbar das Eigentum des Schöpfwerkmeisters. Offenbar musste an der Pumpe eine Reparatur durchgeführt werden, und da der Schaden an einer schwer zugänglichen Stelle aufgetreten war, hatte sich Elko, der ausgebildeter Maschinenbauer war, kurzerhand auf den Boden gelegt. Ähnlich wie ein Automechaniker, der sich unter ein Fahrzeug geschoben hatte, um am Bodenblech oder an den Leitungen des Autos herumzuwerkeln.

Steffen schluckte, nahm dann all seinen Mut zusammen und ging auf den Mann zu. Elko musste ziemlich beschäftigt sein, anders konnte sich Steffen nicht erklären, warum er noch nicht auf den hallenden Klang seiner Schritte reagiert hatte. »Moin Elko!«, rief er unbeschwert, wobei er hoffte, dass ihm seine Anspannung nicht allzu deutlich anzuhören war. »Ich habe mir ein paar Fragen ausgedacht, die ich dir gerne …«

Geschockt blieb Steffen stehen. Das Smartphone vor sich haltend hatte er sich so weit vorgewagt, dass er den auf dem Boden liegenden Mann nun in seiner Gänze sehen konnte. Elko lag jedoch nicht deshalb auf den Fliesen, um am Sockel der Pumpe herumzuschrauben, vielmehr war er hingestürzt und auf dem Rücken gelandet. Elko konnte unmöglich noch am Leben sein. Der Zustand seines Schädels und die Menge an Blut, die er verloren hatte, ließen da keine Zweifel aufkommen.

Das Smartphone entglitt Steffens plötzlich kraftlos gewordenen Fingern. Der Apparat fiel scheppernd auf die Fliesen. Der besorgniserregende Laut, der ihn sofort befürchten ließ, dass sein Telefon Schaden davongetragen hatte, ließ Steffen wieder zu sich kommen. Wie benommen hob er sein Handy auf, wobei sein Blick wie festgeklebt auf dem leblosen Körper des Schöpfwerkmeisters haftete.

Langsam senkte er den Kopf und sah auf das Smartphone in seiner Hand. Der Apparat hatte den Aufprall unbeschadet überstanden, wie es aussah. Das Display und das Gehäuse waren intakt; die Kamera war sogar noch dabei, aufzunehmen.

Weil ihn das Gefühl überkam, etwas Pietätloses zu tun, beendete er hastig die Aufnahme. Sein Kopf war wie leergefegt, zu keinem klaren Gedanken fähig. Wie gelähmt stand er da und starrte.

Wenige Sekunden später überdachte er sein Verhalten. Er wollte auf seinen Social-Media-Kanälen unbedingt mit einem sensationellen Beitrag auftrumpfen. Ob das Interview mit dem Schöpfwerkmeister diesem Anspruch tatsächlich gerecht geworden wäre, hatte von Anfang an nicht festgestanden. Viel wäre von Elkos Laune und Wohlwollen abhängig gewesen. Und nun lag der Mann tot vor seinen Füßen!

Steffen kämpfte innerlich noch eine Weile gegen die Skrupel an, die sich in ihm meldeten. Schließlich entschied er sich aber dafür, ein paar Fotos und Filmaufnahmen zu machen, ehe er die Polizei verständigte.

*

9

Ruth Fasan erwachte mit dem Duft frisch gebrauten Kaffees in der Nase. Schlaftrunken streckte sie den Arm zur Betthälfte neben ihr aus. Als ihre Hand über die glatte Zudecke und das unberührte Kissen strich, furchte sie die Stirn. Hatte Felix Seitz, der Kapitän der Wasserschutzpolizei, mit dem sie seit etlichen Monaten zusammen war, denn gar nicht neben ihr geschlafen?

In diesem Moment erinnerte sich die Hauptkommissarin, dass Felix gestern mit seinem Streifenboot, das nach dem König der Friesen, *Radbod*, benannt worden war, zur großen Revierfahrt aufgebrochen war und erst in ein paar Tagen zurückerwartet wurde.

Wer hatte dann aber den Kaffee gebrüht, dessen aromatischer Duft durch die Flure und Räume ihres strohgedeckten Deichhauses strich?

»Clarissa«, murmelte Ruth, als ihr siedend heiß einfiel, wer die Wohltäterin war.

Mit sich selbst Nachsicht übend schüttelte sie den Kopf. Sie erzählte ihrer Tochter besser nicht, dass sie sich beim Aufwachen erst hatte vergegenwärtigen müssen, dass ihr einziges Kind über die Semesterferien zu ihr nach Greetsiel gekommen war. Clarissa weilte bereits seit vier Tagen in dem romantischen Fischerdorf. Es gab sogar einen kurzen Artikel darüber in der hiesigen Zeitung. Für Ruth fühlte sich Clarissas Anwesenheit dennoch ungewohnt und überraschend an. Da konnte es schon mal geschehen, dass man nach dem Erwachen einen kurzen Moment brauchte, um sich zu erinnern, wer im Haus zu Gast war, entschied Ruth für sich.

Ihr Verhältnis zu Clarissa hatte sich, seit Ruth ihre Zelte in Hamburg abgebrochen und stattdessen in Greetsiel eine Stelle als Hauptkommissarin angenommen hatte, erheblich verbessert. Zuletzt hatten sie dennoch wenig Gelegenheit gehabt, den Kontakt zu pflegen. Clarissa war mit ihren Prüfungen, einem Praktikum und Vorlesungen sehr beschäftigt gewesen. Ruth wiederum hatten Mordermittlungen und das Aufklären anderer Kapitalverbrechen in Atem gehalten.

Während der gemeinsamen Telefonate hatte Clarissa ihre Mutter zwar über ihr Studium der Umwelttechnik in Hamburg auf dem Laufenden gehalten, aber Ruth hatte ihr von ihren Fällen nur wenig bis gar nichts erzählen können, weil sie zur Verschwiegenheit verpflichtet war. Privates war von Clarissa während dieser Gespräche hingegen eher selten erwähnt worden und Ruth hatte sie auch nicht dazu gedrängt, es zu tun. Das hatte die Hauptkommissarin jedoch nicht davon abgehalten, ihrer Tochter blumig zu schildern, wie glücklich sie mit Felix war.

Ein gegenseitiger Besuch war aus Zeitmangel nichtsdestotrotz lange Zeit ausgeblieben. Stets hatten sich Mutter und Tochter auf etwaige Ferien vertröstet, an denen man sich ja mal besuchen könnte. Wohl auch aus diesem Grund hatte Clarissa nun Nägel mit Köpfen gemacht, hatte ihr Kommen vor einer Woche kurzfristig angekündigt und war dann schließlich nach Greetsiel aufgebrochen. Da Felix aus beruflichen Gründen zurzeit nicht anwesend war, konnten sich Mutter und Tochter nun also ganz ihrer familiären Zweisamkeit widmen; eine Sache, mit der sie sich allerdings noch ein bisschen schwertaten …

All dies ging Ruth durch den Kopf, während sie auf dem Rücken ausgestreckt in ihrem Bett lag. Sie spürte, wie die Strahlen der Morgensonne, die durchs Fenster auf ihr Gesicht fielen, langsam ihre Lebensgeister weckten. Schließlich stand sie auf und machte sich im Badezimmer ein wenig frisch. Sie richtete ihr dunkles, lockiges Haar, das ihr bis in den Nacken reichte, und warf sich einen Morgenmantel über. Der glatte, kühle Stoff umschmeichelte ihre schlanke, kräftige Statur und hob Ruths herbe Attraktivität noch ein wenig hervor. Sie schlüpfte in ihre Hausschuhe und schlenderte dann Richtung Küche, aus der neben dem Duft von Kaffee und Brötchen nun auch geschäftiges Klappern und Poltern drangen.

Clarissa war bereits vollständig angezogen, und die Art und Weise, in der sie arbeitsam in der Küche hantierte, erweckte in Ruth den Anschein, als müsste sie schon seit Längerem auf den Beinen sein. Eine Vermutung, die durch die frischen Brötchen noch bestärkt wurde, die in einem Korb vor sich hin dufteten. Da Ruth ein wenig abseits des Fischerdorfes wohnte, war der nächstgelegene Bäcker ein gutes Stück weit entfernt. Diese Strecke frühmorgens zu Fuß oder mit dem Fahrrad zurückzulegen, stellte für Ruth, die ein Morgenmuffel war, manchmal eine nicht zumutbare Herausforderung dar, weswegen sie dann lieber auf den Luxus von frischen Brötchen verzichtete.

Die Hauptkommissarin verschränkte die Arme vor der Brust und lehnte sich an den Türrahmen. Clarissa war so sehr in ihr Tun vertieft, dass sie nicht einmal bemerkt hatte, dass ihre Mutter in die Küche gekommen war. Clarissa hatte ihr brünettes, welliges Haar adrett zurechtgemacht. Die modische Kleidung aus einem Secondhand-Shop in Hamburg betonte ihre schlanke Figur. Als sie sich nun dem Kühlschrank zuwandte und Ruth aus den Augenwinkeln bemerkte, zuckte sie erschreckt zusammen und stieß einen leisen spitzen Schrei aus.

Ruth lächelte amüsiert. »Moin«, begrüßte sie ihre Tochter.

»Musst du mich so erschrecken?«, beschwerte sich Clarissa in vorwurfsvollem Tonfall. »Mir wäre fast das Herz stehen geblieben!«

»Warum so schreckhaft?«, fragte Ruth gelassen und ging auf ihre Tochter zu.

»Ich … war in Gedanken«, erklärte Clarissa ausweichend und ließ es geschehen, dass Ruth ihr einen Kuss auf die Wange drückte. Dabei bemerkte die Hauptkommissarin einen gewissen Glanz in den braunen Augen ihrer Tochter.

»Du bist schon lange wach?« Ruths Frage klang eher wie eine Feststellung.

Clarissa nickte, öffnete die Kühlschranktür und begann fahrig Wurst und Käse hervorzuholen. »Ich mache Frühstück. Ich habe einen Bärenhunger. Du willst doch bestimmt auch, oder …?« Sie hielt inne und betrachtete ihre Mutter von oben bis unten. Offenbar nahm sie Ruth erst jetzt so richtig wahr. »Ich kann auch noch auf dich warten, wenn du dir erst etwas Richtiges anziehen willst«, sagte sie und fuhr dann fort, den Frühstückstisch zu decken.

Plötzlich beschlich Ruth der Verdacht, dass ihre Tochter die Nacht gar nicht im Deichhaus verbracht hatte. Es war für Clarissa völlig ungewöhnlich, in den Ferien so früh schon auf den Beinen zu sein. Zumal sie bei ihrer Mutter zu Gast war und sich bei dieser Gelegenheit gerne wieder in die Rolle des Kindes einfand, das sich wie selbstverständlich von der Mutter bedienen ließ.

Ruth wartete ab, ob Clarissa nicht vielleicht noch ein paar erklärende Worte von sich geben würde. Aber das hatte sie offenkundig nicht vor, denn sie fuhr schweigend fort, Teller und Besteck aufzutischen, und wirkte dabei sogar regelrecht abwesend.

Da Ruth ihre Tochter nicht drängen wollte, ließ sie die Sache auf sich beruhen. Stattdessen verkündete sie, dass sie gleich in die Küche zurückkehren würde, was Clarissa mit einem beiläufigen Nicken quittierte. Ruth zögerte noch einen Moment und betrachtete ihre Tochter, die sie schon gar nicht mehr wahrzunehmen schien. Schließlich wandte sie sich kopfschüttelnd ab und ging. Jetzt hatte sie auch kein schlechtes Gewissen mehr, weil sie sich beim Aufwachen nicht sofort vergegenwärtigt hatte, dass ihre Tochter zu

Besuch war. Clarissa war, wie es aussah, gedanklich ebenfalls mit ganz anderem beschäftigt als damit, an ihre Mutter zu denken. Und das war für Ruth auch völlig in Ordnung.

*

Clarissa löffelte gerade ihr Frühstücksei aus, als Ruth in die Küche zurückkehrte. »Moin«, sagte Clarissa zerstreut und lächelte dann verlegen. »Ich habe nun doch nicht auf dich gewartet.«

»Das sehe ich.« Ruth setzte sich an den Tisch und goss sich Kaffee ein. »Du scheinst ziemlich ausgehungert zu sein«, stellte sie fest.

Clarissa nickte, und erneut hellte dieses verdächtige Leuchten das Braun in ihren Augen auf.

Ruth kannte diesen Ausdruck. War ihre Tochter etwa verliebt?

Es war schon einige Wochen her, als Clarissa ihr zuletzt ein wenig über ihr Privatleben erzählt hatte. Im Tonfall eines sachlichen Berichts hatte sie Ruth davon in Kenntnis gesetzt, dass Crescentia, mit der sie liiert gewesen war, mit ihrem Kleinkind aus der gemeinsamen Wohnung ausgezogen war. Crescentia hatte zuvor in Greetsiel gelebt und war in einen Mordfall verstrickt gewesen. Während der turbulenten Ereignisse, bei der eine im Meer gefundene Leiche im Zentrum gestanden hatte, waren Clarissa und Crescentia sich nahegekommen und zu Ruths Überraschung schließlich ein Paar geworden. Weil Crescentia sich aufgrund der schlimmen Vorfälle in Greetsiel nicht mehr heimisch gefühlt hatte, war sie nach Hamburg gezogen, um dort mit Clarissa zusammenzuleben. Aber diese Beziehung hatte anscheinend nicht allzu lange gehalten. Crescentia lebte mit ihrem kleinen Sohn Eduard inzwischen in Berlin. Wie Clarissa jetzt zu ihrer ehemaligen Freundin stand, war Ruth nicht bekannt, da ihre Tochter diesem Thema tunlichst aus dem Weg gegangen war …

Ruth, die an ihrem Kaffee nippte, sah Clarissa über den dampfenden Becher hinweg nachdenklich an. Ihre Tochter war eine Person, die mit der Mutter nicht gerne über Liebesangelegenheiten sprach, was Ruth sehr schade fand. Sie selbst nahm nämlich kein Blatt vor den Mund, wenn sie Clarissa von ihrem Zusammensein mit Felix erzählte. Das war ihrer Tochter manchmal sogar regelrecht peinlich. Ruth respektierte die Zurückhaltung ihres Sprosses, ließ es sich aber dennoch nicht nehmen, freiheraus über ihre Liebe zu Felix zu sprechen. Clarissa kam in diesem Punkt mehr nach ihrem Vater, einem französischstämmigen Musiker, der in mancher Hinsicht ähnlich verschlossen war wie seine Tochter. Nicht zuletzt auch wegen dieser Charaktereigenschaft hatte Ruth sich kurz nach Clarissas Geburt von Charles Blanchard getrennt. Seitdem hatte sie sich allein um die Erziehung ihrer Tochter gekümmert, ein Unterfangen, das sie oft an ihre Grenzen gebracht hatte, denn als Hauptkommissarin bei der Hamburger Kripo waren Zeit und ein geregelter Tagesablauf ein knappes Gut gewesen …

»Grübelst du gerade über einen Fall nach?«, riss Clarissa ihre Mutter mit einer Frage aus den Gedanken.

Ruth setzte den Becher ab. »Ich habe über uns nachgedacht«, sagte sie.

Clarissas Miene verfinsterte sich daraufhin ein wenig. »Das musst du nicht«, sagte sie. »Zwischen uns läuft es doch gut, oder?«

Ruth lächelte. Dass Clarissa zufrieden mit dem Status quo ihrer Beziehung war, sah ihr ähnlich. Sie war in dieser Hinsicht so anspruchslos wie ihr Vater, und glücklich, solange sie in ihrem introvertierten Dasein nicht gestört wurde.

»Ich frage mich nur manchmal, ob du deshalb mir gegenüber nicht offener sein kannst, weil ich eine so schlechte Mutter gewesen bin.«

Clarissa verdrehte leicht genervt die Augen. »Ich dachte, dieses Thema hätten wir längst abgeschlossen«, sagte sie leichthin. »Ich finde mich super. Und das obwohl oder gerade wegen unserer gemeinsamen Vergangenheit. Das kannst du dir aussuchen.« Sie lächelte entwaffnend. »Warum musst du immer so unzufrieden sein, Mama? Ich fühle mich wohl bei dir. Alles ist gut!«

»Ich würde nur einfach gerne mehr über dich erfahren.«

»Warum kannst du es nicht einfach mal aushalten, nicht alles über eine Person zu wissen?«

»Weil ich deine Mutter bin und dich liebe«, gab Ruth leidenschaftlich zurück. »Und weil ich gerne Anteil an deinem Leben haben möchte!«

»Aber das hast du doch«, erwiderte Clarissa. »Ich bin hier bei dir, und wir frühstücken gerade zusammen.«

Ruth seufzte. »Ich habe den Eindruck, dass irgendetwas mit dir ist. Und ich weiß nicht was, und das macht mich ganz kribbelig.«

Clarissa schüttelte lachend den Kopf. »Vielleicht bist du mal ein bisschen weniger Hauptkommissarin, wenn wir zusammen sind«, schlug sie vor. »Du musst nicht immer alles ergründen. Halte es mal aus, nicht alles zu wissen«, wiederholte sie. »Du ermittelst hier schließlich nicht in einem Mordfall.«

Ruth nahm ein gekochtes Ei aus dem Wärmenest, das Clarissa aus einem Geschirrhandtuch gebildet hatte, und platzierte es in einen Eierbecher. Die Worte ihrer Tochter hatten ihr zu denken gegeben. War es am Ende nicht Clarissa, die zu verschlossen war, war es nicht vielmehr sie selbst, die zu viel von den Menschen erwartete, die sie liebte?

»Nun schau nicht so bedröppelt drein, Mama«, sagte Clarissa in versöhnlichem Tonfall. »Entspann dich und genieße unser gemeinsames Frühstück.«

Ruth nickte gefasst. »Ich werde es versuchen«, versprach sie. Mit einem Löffel klopfte sie auf das spitze Ende ihres Frühstückseis. Clarissa beobachtete sie dabei interessiert.

»Wusstest du eigentlich, dass die Art, wie ein Mensch ans Verspeisen seines Frühstückseis herangeht, eine Menge über seinen Charakter verrät?«, fragte Clarissa.

»Ne, wusste ich nicht«, erwiderte Ruth und begann die zersplitterte Schale abzupellen.

»Jemand, der sein Ei mit einem Messer köpft zum Beispiel, ist ein rabiater Zeitgenosse und lässt es oft an Feingefühl missen.«

»Und was sagt meine Technik über mich aus?«, wollte Ruth wissen.

»Du wählst die schwer zu knackende Seite«, deutete Clarissa sogleich drauflos. »Die stumpfe Spitze des Eis ist leichter zu zerschlagen, aber das scheint dir zu simpel, darum entscheidest du dich für die gegenüberliegende kniffeligere Seite. Allerdings hast du eine effiziente Schlagtechnik entwickelt, die dich schnell ans Ziel bringt.«

Ruth nickte. »So halte ich es auch bei meinen polizeilichen Ermittlungen.« Sie sah Clarissa interessiert an. Bot ihr diese Eigeschichte womöglich eine Chance, über einen Umweg ein bisschen mehr über ihre Tochter zu erfahren? »Und du?«, fragte sie daher. »Wie gehst du an die Sache ran?«

Clarissa zögerte nicht mit einer Antwort. »Ich nehme das Ei sanft in meine Hand und klopfe mit dem stumpfen Ende so lange auf die Tischplatte, bis die Schale Sprünge bekommt. Dann pule ich sie geduldig Stück für Stück ab.«

»Und was sagt das über dich aus?«

Clarissa lächelte spitzbübisch. »Das zu interpretieren, überlasse ich dir.«

Ruth verengte ein Auge und stierte Clarissa an, um ihr zu bedeuten, dass sie gerade einen klugen Schachzug getan hatte. Anstatt dass Ruth ein wenig über Clarissa erfuhr, würde Clarissa jetzt zu hören bekommen, wie ihre Mutter ihren Charakter einschätzte. Diesen Gefallen tat Ruth ihr allerdings gerne.

»Du bist eine vorsichtige, feinfühlige Person«, ging sie auf das Spiel ein. »Dein Ziel erreichst du durch umsichtige Ausdauer und Rücksichtnahme.«

Der erfreute Ausdruck auf Clarissas Gesicht verriet Ruth, dass ihre Tochter sich von ihr auf positive Weise erkannt fühlte.

»Wollen wir heute gemeinsam was unternehmen?«, fragte Ruth daraufhin spontan.

Clarissa reagierte verhalten. »Musst du denn heute gar nicht arbeiten?«

Ruth furchte leicht verstimmt die Stirn. »Schon vergessen?«, fragte sie, wobei sie sich bemühte, nicht gekränkt zu klingen. »Ich habe lediglich Bereitschaftsdienst, während du bei mir zu Gast bist. Nur bei Mord werde ich angerufen. Um den Rest kümmern sich mein Kollege Hagen Reese und unsere Streifenpolizistin Alice Bergmann.«

Clarissa errötete leicht. »Stimmt. Daran habe ich gar nicht mehr gedacht.« Sie lächelte verlegen. »Eine alte Angewohnheit, dass ich dich und Polizeidienst immer zusammen denke.«

Ruth holte tief Luft. »Also, wie ist es nun, woll…« Das Heulen einer amerikanischen Polizeisirene schnitt ihr das Wort ab. Der enervierende Lärm ging von ihrem Handy aus. Dieser Klingelton schlug nur an, wenn Ruth einen Anruf von Hagen Reese erhielt. Ansonsten ertönte das fröhliche Gezwitscher von Singdrosseln.

Clarissa hob eine Augenbraue. »Scheint was Dringendes zu sein«, kommentierte sie nüchtern.

Ruth zuckte bedauernd mit den Schultern, schnappte sich ihr Handy und nahm den Anruf entgegen.

»Es tut mir leid, Sie stören zu müssen«, drang Hagens Stimme aus dem Apparat. »Ich hätte nicht angerufen, wenn …«

»Wenn es nicht einen Mord gegeben hätte?«, vervollständigte Ruth den Satz ihres jungen Kollegen in der Form einer Frage.

Hagen räusperte sich einmal. »Genau. Wenn es nicht einen Mord gegeben hätte. Aber genau danach sieht es leider aus.«

»Wo?«

»Im Pumpenhaus des Schöpfwerks«, antwortete Hagen. »Das Mordopfer ist Elko Meming, der Schöpfwerkmeister. Jemand hat ihn von hinten niedergeschlagen, wie es scheint. Stumpfes Schädeltrauma mit Todesfolge.«

Ruth seufzte schwer. »Haben Sie …«

»Die Spurensicherung, der Rechtsmediziner und der Leichenwagen wurden von mir bereits herbeibeordert«, ließ Hagen seine Vorgesetzte nicht zu Wort kommen. »Ich habe hier alles fest im Griff. Und nun habe ich auch Sie informiert, wie Sie verlangt haben, wenn …«

»Wenn es einen Mord gegeben hat«, übernahm Ruth erneut.

»So ist es.« Hagen schnalzte mit der Zunge. »Wenn es Ihnen gerade nicht passt, könnte ich auch allein …«

»Das hatten wir doch bereits geklärt«, unterbrach Ruth ihn. »Sie haben schon einige Erfahrungen mit Mordermittlungen sammeln können. Dennoch sind Sie noch nicht so weit, einen solchen Fall in alleiniger Eigenverantwortung über die Bühne zu ziehen. Ich würde meine Pflichten sträflich vernachlässigen, wenn ich Sie ins kalte Wasser stieße und Sie die Polizeiarbeit ohne meine Unterstützung durchführen ließe.«

Hagen seufzte leise. »Also dann«, sagte er gefasst. »Sie finden mich und die Leiche im Schöpfwerk.« Mit diesen Worten beendete er das Gespräch.

Ruth ließ das Smartphone sinken und warf ihrer Tochter über den Tisch hinweg einen bedauernden Blick zu.

»Du musst los«, stellte Clarissa fest, ehe Ruth etwas sagen konnte.

»Es gab einen Mord«, bestätigte sie.

Clarissa deutete auf den Frühstückstisch. »Geh nur«, sagte sie ohne Vorwurf in der Stimme. »Ich kümmere mich hier um alles.«

Nachdenklich betrachtete Ruth ihre Tochter. Clarissa wirkte nicht, als wäre sie enttäuscht. Für einen flüchtigen Moment kam es ihr sogar so vor, als wäre es ihr ganz recht, dass ihre Mutter beschäftigt war und sie ihre Ruhe hatte.

Ruth schob sich das abgepellte Ei, das inzwischen abgekühlt war, im ganzen Stück in den Mund und stand auf. Clarissa riss wegen dieses Vorgehens entgeistert die Augen auf, grinste dann aber belustigt. Lax winkte sie ihrer Mutter zum Abschied hinterher, während diese aus der Küche eilte, um sich auf den bevorstehenden Einsatz vorzubereiten.

Kapitel 2

Als Ruth das Schöpfwerk erreichte, wimmelte es dort bereits von Kollegen der Spurensicherung. In weiße Kittel gekleidete Männer und Frauen suchten den Maschinenraum nach Verdächtigem ab. Die raschelnden, scharrenden Schritte des in Schutzhüllen steckenden Schuhwerks mischten sich mit dem kalten Nachhall der Stimmen.

Ein paar wenige nummerierte Kärtchen waren aufgestellt worden und markierten Auffälligkeiten, die von den Spezialisten als relevant erachtet wurden. Davon gab es in diesem nahezu steril aussehenden Pumpenhaus allerdings auffallend wenige.

Hagen Reese hielt sich in der Mitte der Maschinenhalle auf. Er sah sich unruhig um, als befürchtete er, die Kollegen könnten Fehler begehen oder nicht gewissenhaft genug arbeiten, wenn er sie nicht ständig im Blick hatte. Die Kriminalisten gingen ihrer Tätigkeit jedoch mit routinierter Geschäftigkeit nach und beachteten den kräftig gebauten jungen Kommissar mit dem dunkelblonden Haar gar nicht, der ihnen hin und wieder nervös etwas zurief.

Ruth war beim Eingang stehen geblieben und ließ die Szene auf sich wirken. Als Hagen sie bemerkte, winkte er ihr fahrig zu, wobei sein sommerliches Jackett leicht verrutschte. »Es läuft alles wie am Schnürchen!«, rief er mit angespannt klingender Stimme.

Ruth lächelte freundlich und nickte. »Das sehe ich.« Sie trat auf ihren jungen Kollegen zu und schüttelte ihm die Hand. In seinen graublauen Augen lag ein unruhiger Schimmer.

»Gar nicht so einfach, dies hier alles zu koordinieren«, gestand er und deutete um sich.

»Dann lassen Sie mal hören«, forderte Ruth ihn auf.

Hagen brauchte einen kurzen Moment, ehe er begriff, was seine Chefin von ihm wollte. »Ja«, haspelte er dann drauflos. »Das Mordopfer, es heißt Elko Meming. Er ist … war der Schöpfwerkmeister.«

Während Hagen redete, führte er Ruth zur mittleren der zylinderförmigen, grünen Maschinen. »Er erhielt einen tödlichen Schlag auf den Hinterkopf.«

»Davon berichteten Sie mir bereits am Telefon.«

»Einen Hinweis auf den Täter gibt es noch nicht«, beeilte sich Hagen daraufhin zu ergänzen. »Die Tatwaffe wurde auch noch nicht entdeckt.«

Sie langten beim hinteren Bereich der Maschine an. Dort lag ein auf den Rücken hingestürzter Mann, den Ruth auf über sechzig schätzte. Er trug robuste Arbeitskleidung, die an einigen Stellen Ölflecken aufwies. Das lichte blonde Haar war teilweise verklebt und die Augen waren gebrochen.

Über den Leichnam beugte sich ein ausgehungert aussehender, hagerer Mann. Er fasste das Kinn des Toten und drehte den Kopf leicht hin und her, wobei er anscheinend die Kopfwunde begutachtete.

Ruth, die diesen Kollegen der Emder Kripo noch nie gesehen hatte, wandte sich an Hagen. »Wer ist das?«, fragte sie mit gedämpfter Stimme.

»Doktor Eugen Schreiner«, antwortete der kniende Mann, dessen Gehör offenbar hervorragend funktionierte und der Ruths leise Frage trotz der erheblichen Geräuschkulisse deutlich verstanden hatte. Unbekümmert fuhr er mit der Untersuchung der Leiche fort, ohne dabei auch nur ein einziges Mal zu Ruth aufzusehen.

»Ist Doktor Fixlmillner denn nicht vor Ort?«, wunderte sich Ruth. Sie sah sich nach dem erfahrenen Rechtsmediziner um, mit dem sie schon oft zusammengearbeitet hatte. Der fast zwei Meter große Forensiker wäre in dem Gewusel in der Halle kaum zu übersehen gewesen. Allerdings konnte sie ihn nirgendwo erspähen.

»Doktor Fixlmillner ist zurzeit im Urlaub«, erläuterte Hagen. »Herr Doktor Schreiner ist sein Stellvertreter.«

»Mein Kollege weilt in den Schweizer Alpen«, konkretisierte der Rechtsmediziner. »Für mich wäre das ja nichts. Ich mag es nicht, wenn mir der Blick zum Horizont ständig von irgendwelchen Bergen verstellt wird. Am Meer fühle ich mich daher viel wohler.« Er stand auf, und erst jetzt wurde deutlich, wie sehr sich dieser schmächtige, durchschnittlich große Mediziner körperlich von dem stattlichen Dr. Fixlmillner unterschied. Er nickte Ruth kurz grüßend zu und sagte dann unvermittelt: »Der Tod ist etwa um fünf Uhr heute Morgen eingetreten.« Er sah kurz auf seine Armbanduhr. »Jetzt ist es gleich neun. Die Leiche liegt hier also seit circa vier Stunden.«

»Todesursache ist stumpfes Schädeltrauma«, warf Hagen ein.

Dr. Schreiner nickte frostig. »Das ist mehr als offensichtlich.« Er sah auf den Leichnam hinab. »Ich schätze, der Mann ist dort niedergeschlagen worden und gestorben, wo er jetzt liegt. Wäre er bewegt oder gar eine weitere Strecke transportiert worden, würde es hier ganz anders aussehen. Die Kopfwunde ist ziemlich ausgeprägt, wenn Sie wissen, was ich meine.«

Ruth ahnte, worauf der Rechtsmediziner anspielte. Mit der tödlichen Kopfverletzung war ein hoher Verlust von Körperflüssigkeiten einhergegangen, und die hätten unweigerlich Spuren hinterlassen, wenn die Position des Toten verändert worden wäre.

»Der Mord hat also hier in der Halle stattgefunden«, fasste Hagen zusammen.

»Dass es Mord war, daran besteht kein Zweifel?«, hakte Ruth nach.

Dr. Schreiner hob eine Schulter. »Ich wüsste nicht, was den Tod dieses Mannes sonst hervorgerufen haben könnte. Sehen Sie sich doch nur um. Diese Anlage ist übermäßig gepflegt. Hier gibt es nichts, was diese schwere Kopfverletzung verursacht haben könnte. Ein Unfall kann daher ausgeschlossen werden.«

Ruth atmete tief durch. *Mord*, dachte sie schwermütig. Ihre gemeinsame Zeit mit Clarissa würde einmal mehr durch Polizeiarbeit bestimmt werden, und das gefiel ihr gar nicht. Ändern konnte sie daran aber wie gewohnt nichts. Sie bedankte sich bei dem Forensiker für die Informationen und wandte sich dann Hagen zu. »Wer hat den Leichnam gefunden?«, erkundigte sie sich.

»Ein gewisser Steffen Grotje«, antwortete er. »Ich habe ihn gebeten zu bleiben, weil ich davon ausgegangen bin, dass Sie ihm bestimmt auch noch ein paar Fragen stellen möchten. Er sitzt draußen auf einer Bank.«

Ruth erinnerte sich, vor dem Gebäude einen Mann von etwa dreißig Jahren auf einer Bank sitzen gesehen zu haben. Er war sehr mit seinem Handy beschäftigt gewesen und hatte seine Umgebung anscheinend nicht wahrgenommen; ein inzwischen alltäglicher Anblick, warum Ruth diesen Mann auch nur mit einem Blick gestreift hatte, ohne sich allzu viele Gedanken darüber zu machen, was er dort verloren hatte.

»Gehen wir zu ihm«, entschied Ruth.

Hagen zögerte. »Sollte ich nicht besser hierbleiben und die Arbeit beaufsichtigen?«

Ruth lächelte schmal. »Ich schätze, unsere Kollegen kommen auch ohne unsere Anwesenheit bestens zurecht.« Sie bedeutete Hagen, ihr zu folgen, und marschierte los. »Erzählen Sie mir kurz, was Steffen Grotje Ihnen berichtet hat.«

»Da gibt es nicht viel«, erwiderte Hagen. »Er wollte den Schöpf-werkmeister interviewen, fand ihn dann aber tot hinter der mittleren Pumpe vor.«

*

Als der Schatten der beiden Kriminalisten auf ihn fiel, sah Steffen Grotje blinzelnd von seinem Handy auf. Ruth stellte sich dem Mann vor, dessen halblanges Haar ein wenig zerzaust aussah und dessen blasses Gesicht vermuten ließ, dass er es der Sonne nur selten aus-setzte. Er wirkte leicht konfus, was Ruth dem Schock zuschrieb, den er erlitten haben musste, als er die Leiche entdeckte.

»Sie haben Elko Meming also interviewen wollen?«, setzte Ruth dort an.

Steffen nickte eifrig und schob das Handy in seine Hosentasche. »Er war nicht auf dem Deich anzutreffen gewesen. Darum bin ich ins Pumpenhaus gegangen, um ihn zu suchen.« Er schluckte heftig. »Und da lag er dann. Tot wie eine gekochte Krabbe.«

Diese Bemerkung ließ Ruth kurz stutzen. »War Ihnen irgendetwas Merkwürdiges aufgefallen?«, fragte sie.

Steffen verzog das Gesicht. »Da lag ein Toter, ist das nicht merk-würdig genug?«

Ruth lächelte nachsichtig. »Darüber hinaus ist Ihnen nichts seltsam vorgekommen?«

Steffen schien kurz in sich zu gehen. Dann schüttelte er den Kopf. »Elko hat stets dafür gesorgt, dass es im Pumpenhaus ordentlich und sauber aussieht. Es wäre mir sofort aufgefallen, wenn da was nicht so gewesen wäre, wie man es von diesem Ort gewohnt ist.« Er schnippte mit dem Finger. »Die Eingangstür war nur angelehnt«, fiel ihm dann ein. »Das war ungewöhnlich. Elko achtet sonst immer darauf, dass außerhalb der Touristenführungen keine Unbefugten die Anlage betreten können.«

»Und als Sie oben auf dem Deich gewesen waren, haben Sie da etwas Verdächtiges bemerkt?«, wollte Hagen wissen.

Steffen überlegte eine Weile, zuckte dann aber mit den Schultern. »Beim Aussichtspunkt hielten sich ein paar Touristen auf. Sonst war weit und breit keine Sterbensseele zu sehen.«

»Wie lange hatten Sie auf den Schöpfwerkmeister denn gewartet, ehe Sie sich entschlossen, ins Pumpenhaus zu gehen?«, fragte Hagen.

»Etwa eine Viertelstunde.«

»Und wo waren Sie davor?«

Steffen musterte Hagen angestrengt. »Warum fragen Sie mich das?« Jetzt sah er zu Ruth auf. »Elko ist ermordet worden, nicht wahr?«, fragte er aufgewühlt. »Ist es nicht so?«

»Ausschließen können wir es zumindest nicht«, antwortete Ruth ausweichend.

Steffens Miene schien sich ein wenig aufzuhellen. »Hab ich's doch gewusst!«, stieß er rau hervor. »Mord liegt in der Luft!« Augenblicklich verfinsterte sich seine Miene, und sein Kopf ruckte zu Hagen herum. »Ihre Frage …«, sagte er verunsichert. »Soll ich die etwa so verstehen, dass Sie mich verdächtigen, Elko das angetan zu haben?« Er deutete vielbedeutend auf seinen Hinterkopf, als er dies sagte.

»Ich möchte lediglich wissen, wo Sie sich in den frühen Morgenstunden aufgehalten haben«, gab Hagen neutral zurück.

Steffen hob in einer abwehrenden Geste die Hände. »Ich bin um sieben Uhr raus aus den Federn.« Er ließ die Arme sinken und grinste selbstbewusst. »Das ist mir nicht leichtgefallen, denn Miriam … nun ja, sie fand meine Idee nicht so berauschend, das Bett so früh schon zu verlassen. Aber ich hatte ja was vor, also machte ich, dass ich schnell von da wegkam, bevor ich es mir noch anders überlege.« Er lächelte schief. »Ich habe noch ein paar Vorbereitungen getroffen und bin dann los. Bis zum Schöpfwerk hatte ich es nicht weit. Ich bin schnurstracks losmarschiert, damit ich Elko Meming nicht verpasse, wenn er auf dem Yachtdeich stehend die Pegelstände begutachtet.« Er zuckte bedauernd mit den Schultern. »Den Rest kennen Sie ja.«

»Was war das für ein Interview, das Sie mit dem Schöpfwerkmeister führen wollten?«, fragte Ruth.

Steffen winkte ab. »Ich wollte ihm bloß ein paar Fragen über seine Arbeit bei den Greetsieler Schleusen stellen.«

»Aus welchem Grund?« Ruth hatte den Eindruck, dass Steffen ihr auswich.

»Ich sammle neues Material für meine Social-Media-Kanäle«, erklärte dieser.

»Haben Sie im Pumpenhaus etwa Aufnahmen gemacht?«, fragte Ruth streng.

Steffen rutschte unruhig auf der Bank hin und her. »Kann schon sein.«

»Sie dürfen dieses Material nicht veröffentlichen«, stellte Hagen klar. »Nicht, wenn wir in einem Mord ermitteln.«

Steffen machte eine säuerliche Miene. »Ich fürchte, das habe ich bereits getan.«

Hagen rang die Hände. »Das ist nicht Ihr Ernst, oder?«

»Ich wusste doch nicht …« Steffen ließ die Rechtfertigung unvollendet und machte ein unschuldiges Gesicht.

»Wollen Sie mir etwa weismachen, dass …« Hagen verstummte, als Ruth ihm begütigend eine Hand auf den Oberarm legte. Tief atmete er durch. »Sie müssen diese Beiträge sofort löschen«, forderte er.

»Das wird nichts bringen«, erwiderte Steffen. »Die Videoclips wurden bestimmt schon mehrmals heruntergeladen oder geteilt. Das geht verdammt schnell bei derartigem Material.« Steffen wirkte nun ein wenig zerknirscht. »Ich hätte das nicht tun sollen«, sagte er reumütig. »Ich habe der Versuchung einfach nicht widerstehen können, und das tut mir leid.«

»Schon gut«, sagte Ruth gefasst. »Was geschehen ist, ist geschehen. Ich bestehe aber darauf, dass Sie uns das Material zur Verfügung stellen!«

»Klar – mach ich. Keine Frage.«

»Sie müssen das Gelände jetzt verlassen«, befahl Ruth. »Gehen Sie nach Hause. Und lassen Sie es uns wissen, falls Sie wegen des Vorfalls psychologische Betreuung benötigen.«

Steffen erhob sich von der Sitzbank. »Ich komm schon allein zurecht«, versicherte er. »Machen Sie sich um mich keine Sorgen. Ich hab ja Miriam.«

Steffen trottete davon und Ruth sah ihm nachdenklich hinterher. »Wo ist eigentlich der Seelsorger?«, fragte sie Hagen dabei wie beiläufig. »Haben Sie etwa versäumt, einen hinzuzuziehen?«

»Nein, natürlich nicht«, begehrte Hagen auf.

»Und warum wurde Steffen Grotje nicht entsprechend betreut? Er wirkte ziemlich durcheinander auf mich. Außerdem hätte der Seelsorger ihn sicherlich davon abgehalten, diese Videos ins Internet zu stellen.«

Hagen fuhr sich mit den Fingern durchs Haar. »Als vorhin die Einsatzwagen der Spurensicherung auftauchten, blieb das nicht unbemerkt«, sagte er konfus. Er deutete auf ein nahegelegenes Wohnhaus, das auf der gegenüberliegenden Seite der Stichstraße lag, die vor dem Deich endete. Dort parkten auch die Fahrzeuge der Emder Kripo. »Dieses Häuschen dort gehört zur Anlage des Schöpfwerkes«, erläuterte er. »Elko Meming wohnte darin … gemeinsam mit seinen zwei inzwischen erwachsenen Kindern.« Er verzog bedauernd das Gesicht. »Und die eilten natürlich sofort herbei, als die Autos mit eingeschaltetem Blaulicht vor ihrem Haus stoppten.« Er strich sich mit der flachen Hand übers Gesicht. »Sie können sich vorstellen, wie geschockt Elko Memings Kinder waren, als sie vom gewaltsamen Tod ihres Vaters erfuhren. In Anbetracht des angegriffenen Zustands der Tochter und der grimmigen Wut des Sohnes hatte ich es für ratsam gehalten, den Seelsorger anzuweisen, sich der beiden anzunehmen. Zudem hatte es den Anschein, dass es Herrn Grotje ziemlich gut ging und er keinen Seelsorger brauchte. Herr Rubisch, so heißt der Psychologe, hat Wilma und Knut Meming dann zurück ins Wohnhaus begleitet und kümmert sich jetzt vermutlich gerade um sie.«

»Verstehe.« Ruth nickte gedankenversunken und schenkte Hagen dann ein aufmunterndes Lächeln. »Sie haben richtig gehandelt«, lobte sie ihn, um ihre schroffen Worte von vorhin ein wenig abzumildern. Dann fasste sie einen Entschluss. »Wir gehen zu Elko Memings Hinterbliebenen und reden mit ihnen!«

Hagen nickte zurückhaltend. »In Ordnung.«

*

Ruth klingelte an der Haustür. Das robuste Einfamilienhaus lag am Ende des Schatthauser Wegs, eine schmale Straße, die parallel der Binnenmuhde verlief und vor dem Deich endete. Nach einem kurzen Moment wurde die Haustür geöffnet und ein freundlich dreinblickender Mann mittleren Alters stand vor ihnen. Das kurze, schwarze Haar und der Bartschatten ließen ihn ein wenig düster erscheinen, ein Eindruck, den er durch ein einnehmendes Lächeln und einen offenen Gesichtsausdruck jedoch wieder wettmachte.

»Moin«, grüßte er die Kriminalisten und trat einen Schritt zurück, um den Weg ins Innere des Hauses freizumachen. »Wilma und Knut haben sich so gerade eben ein bisschen gefangen«, berichtete er. »Der Tod ihres Vaters hat sie am Boden zerstört. Dieser Verlust ist für sie besonders schlimm, da sie vor drei Jahren bereits ihre Mutter verloren haben.« Er streckte Ruth die Hand hin, als sie eintrat. »Natan Rubisch, Seelsorger und Psychologe«, stellte er sich vor.

Ruth schlug ein und stellte sich dem Mann nun ebenfalls vor. »Meinen Kollegen kennen Sie ja bereits«, fügte sie hinzu und deutete auf Hagen.

Natan Rubisch lächelte daraufhin undurchsichtig. »Ein höchst engagierter junger Kommissar«, gab er einen Kommentar ab, wobei seiner Stimme nicht anzuhören war, ob es sich nun um ein Lob oder um Kritik handelte.

Hagen furchte kurz die Stirn, als wüsste er nicht, ob er verstimmt auf die Bemerkung des Seelsorgers reagieren sollte. Dann beeilte er sich jedoch, zu Ruth aufzuschließen, die bereits im Begriff war, das Wohnzimmer anzusteuern, aus dem ein leises Schluchzen drang.

Beiläufig ließ die Hauptkommissarin den Blick über die alten gerahmten Schwarz-Weiß-Fotografien an den Flurwänden gleiten, die die historischen Sielanlagen von Greetsiel zeigten. Die Einrichtung des Wohnzimmers, in das Ruth dann gelangte, musste aus den fünfziger Jahren stammen. Die dunklen, wuchtigen Möbel waren gut erhalten und sahen gepflegt aus. Der Glanz der Möbelpolitur lag wie ein verklärender Schimmer über den Schränken, dem Tisch und den Holzrahmen der Sessel und des Sofas. Eine bis auf den Boden reichende Gardine filterte das Sonnenlicht und verstärkte das nostalgische schattige Flair des Raumes.

Die Beine unter den Po gezogen saß eine junge strohblonde Frau auf dem Sofa. Sie hielt sich ein Taschentuch vors Gesicht und schluchzte. Knut, ihr Bruder, musste einige Jahre älter sein. Er war wie von einer Sprungfeder katapultiert aus seinem Sessel hochgekommen, als Ruth den Raum betrat. Sein dunkles Haar wirkte zerrauft und in den Augen seines verschlossen wirkenden Gesichts lag ein zorniger Ausdruck.

»Werden wir jetzt endlich mal erfahren, was meinem Vater zugestoßen ist?«, rief er aufgebracht. »Wie lange wollen Sie Wilma und mich noch im Unklaren lassen?«

Ruth blieb gelassen und stellte sich und Hagen den Geschwistern erst einmal vor. Anschließend sprach sie den beiden ihr Beileid aus.

Wilma ließ das Taschentuch sinken und betrachtete Ruth mit ihren großen blauen Augen, in denen trotz der Trauer ein Ausdruck des Staunens lag. Dabei handelte es sich offenbar um eine latente Eigenart ihrer Physiognomie, denn das Erstaunen verschwand auch dann nicht aus ihrem Gesicht, als nun ein paar Tränen ihre Wange hinabrannen. Ihr Bruder stand mit hängenden Schultern unschlüssig da, als hätte Ruths ruhige Art ihm den Wind aus den Segeln genommen.

Die Hauptkommissarin setzte sich unaufgefordert in einen Sessel. Hagen blieb neben Natan stehen, der sich im Hintergrund hielt. »Setzen Sie sich bitte«, forderte Ruth Wilmas Bruder auf. »Ich habe einiges mit Ihnen zu besprechen.«

Knut ließ sich überrumpelt in seinen Sessel fallen. Ruth schätzte ihn auf etwa fünfundzwanzig. Sein aufbrausender Charakter war nicht bloß auf sein junges Alter zurückzuführen, vermutete sie. Knut war ein Hitzkopf, dem es noch an Lebenserfahrung mangelte, um jene Abgeklärtheit zu erlangen, für die die Ostfriesen so bekannt waren. Wahrscheinlich würde er auch im hohen Alter noch störrisch und uneinsichtig bleiben.

Diese kurze Charakterstudie spulte in Ruths Kopf fast wie von selbst ab, während sie ein paar allgemeine Worte an die Geschwister richtete. Dies tat sie auch, um abzuschätzen, wie die beiden die Nachricht aufnehmen würden, die sie in dieser Runde unausweichlich nun würde aussprechen müssen. Als sie den Eindruck hatte, dass Wilma und Knut gefestigt genug waren, sagte sie: »Wir haben Grund zu der Annahme, dass Ihr Vater ermordet wurde.« Sie hob beschwichtigend eine Hand, als Knut schon wieder Anstalten machte, aus dem Sessel hochzuschnellen. »Letztendliche Gewissheit werden wir erst erhalten, nachdem der Leichnam ihres Vaters kriminaltechnisch untersucht wurde.«

»Er soll obduziert werden?«, fragte Knut entgeistert, woraufhin Wilma laut aufschluchzte.

»Das ist in diesem Fall leider unerlässlich«, bestätigte Ruth. »Weil der Verdacht von Mord im Raum steht.«

»Aber … wer soll Elko denn so etwas antun wollen?«, fragte Wilma mit weinerlicher Stimme.

»Das möchten wir gerne herausfinden«, sagte Ruth freundlich.

Die Geschwister tauschten einen flüchtigen Blick.

»Sie wollen von uns hören, wer unserem Vater eventuell nach dem Leben getrachtet haben könnte?«, erkundigte sich Wilma daraufhin verunsichert. Erneut blickten ihre Augen erschrocken-staunend.

»Hatte Ihr Vater womöglich Streit mit jemandem?«, brachte Hagen sich aus dem Hintergrund ein. »Hatte er Feinde?«

»Feinde?«, rief Wilma bestürzt. »Was für ein schlimmes Wort!« Sie schüttelte entschieden den Kopf. »Elko hatte ganz bestimmt keine Feinde. Er war sehr beliebt, und dies nicht nur, weil er als Schöpfwerkmeister für Greetsiel wichtige Arbeit geleistet hat. Er war …«

»Henrik Looster!«, platzte Knut unvermittelt mit einem Namen dazwischen.

Wilma starrte ihren Bruder durchdringend an. »Bist du verrückt?«, blaffte sie ihn an. »Du spinnst ja wohl!«

»Was hat es mit diesem Henrik Looster denn auf sich?«, erkundigte sich Ruth vorsichtig.

»Gar nichts!«, kam Wilma ihrem Bruder zuvor. »Henrik ist ein Fr…«

»Er hat sich oft mit unserem Vater gestritten«, schnitt Knut seiner Schwester das Wort ab.

»Ach – und deshalb bringt er ihn um, oder was?« Wilma warf mit dem tränennassen Taschentuch nach ihrem Bruder. »Wie kannst du sowas auch nur denken?«

»Elko ist tot«, gab Knut aufgebracht zurück. »Jemand hat ihn umgebracht. Und der Einzige, mit dem er im Clinch gelegen hat, ist nun einmal Henrik!«

»Worum ging es bei diesem Streit denn?«, fragte Ruth.

»Das war kein Streit«, begehrte Wilma auf. »Sie waren sich nur in einigen Punkten uneins.«

»Die da wären?«

»Es ging um die Modernisierung des Schöpfwerkes«, antwortete Knut an Wilmas Stelle. Seine Miene verfinsterte sich. »Henrik tritt beispielsweise dafür ein, das historische Alte Sieltor mit moderner Technik auszustatten. Ein Unding, wie mein Vater zu Recht fand. Dass dieses Alte Tor nach der Stilllegung wieder in Betrieb genommen wurde, war auch das Verdienst meines Vaters. Er zelebrierte die Handhabung der instandgesetzten Mechaniken wie einen religiösen Akt. Wenn er das Sieltor öffnete oder schloss, schauten oft Hunderte Einheimische und Touristen zu. Elko … er war eine Institution.« Knuts Stimme brach und er schlug die Hände vors Gesicht, um zu verbergen, dass ihm die Tränen in die Augen geschossen waren. »Henrik wusste gar nicht, was er meinem Vater mit seinen Modernisierungsvorschlägen antat«, kam es gedämpft hinter seinen Händen hervor. »Und jetzt hat er ihn wahrscheinlich sogar umgebracht!«

»Das kannst du doch gar nicht wissen!«, rief Wilma verzweifelt. »Warum sagst du sowas?«

Knut nahm die Hände vom Gesicht und starrte seine Schwester feindselig an. »Fällt dir denn jemand anderes ein, der Elko das angetan haben könnte?«

Wilma schüttelte benommen den Kopf. Mit verweinten Augen sah sie Ruth an. »Wäre es denn überhaupt denkbar, dass ... dass mein Vater im Streit getötet wurde?«, fragte sie bange, als fürchtete sie sich vor der Antwort.

Ruth zuckte mit den Schultern. »Ausschließen können wir es zurzeit jedenfalls nicht.«

Wilmas Lippen zitterten. »Und dennoch«, sagte sie weinerlich. »Ich kann mir nicht vorstellen, dass Henrik ...«

»Was Henrik betrifft, hast du sowieso eine rosarote Brille auf!«, schnappte Knut. »Du hättest der Polizei gegenüber seinen Namen nicht einmal erwähnt, um Ärger von ihm fernzuhalten.«

»Wir werden Herrn Looster nachher auf jeden Fall befragen«, erklärte Ruth.

»Da siehst du, was du angerichtet hast!«, fuhr Wilma ihren Bruder an. »Die Polizei verdächtigt ihn jetzt, und daran bist du schuld!«

»Wir sind dazu verpflichtet, allen Hinweisen nachzugehen«, erklärte Ruth geduldig. »Früher oder später wären wir so oder so auf den Namen Henrik Looster gestoßen. Sie werden nicht die Einzigen gewesen sein, die von den Streitereien zwischen Ihrem Vater und diesem Mann Kenntnis hatten.«

Hagen trat einen Schritt vor. »Unsere Sorgfaltspflicht gebietet es uns, Ihnen noch weitere Fragen zu stellen«, verkündete er.

Knut sah ihn finster an. »Was wollen Sie denn noch wissen?«

»Wo Sie beide heute in den frühen Morgenstunden gewesen sind«, gab Hagen zurück.

Knut sprang auf, ballte zornig die Fäuste. »Was wollen Sie damit andeuten. Etwa, dass einer von uns ...?« Er schien drauf und dran, sich auf den jungen Kommissar zu stürzen.

»Setzen Sie sich, und beantworten Sie die Frage meines Kollegen«, wies Ruth den jungen Heißsporn an.

Knut öffnete und schloss gereizt die Fäuste, besann sich dann aber und ließ sich in den Sessel plumpsen. Finster starrte er vor sich auf den Boden. »Das Blaulicht Ihrer Kollegen hat mich vorhin geweckt«, erklärte er rau. »Der zuckende Schein huschte über mein Gesicht und hat mich aus dem Schlaf gerissen. Ich bin hochgeschossen, hab mir was angezogen und bin raus.«

»Und ich … ich bin um halb acht aufgestanden«, berichtete Wilma folgsam. »Anschließend habe ich Frühstück für meinen Bruder und mich gemacht.« Sie bedachte Knut mit einem vernichtenden Blick. »Er ist nämlich viel zu bequem, um am Wochenende mal früh aufzustehen und mir diesen Service angedeihen zu lassen, den er von mir wie selbstverständlich in Anspruch nimmt.«

»Wenn du mal länger ausschlafen würdest, hätte ich vielleicht auch mal die Gelegenheit, Frühstück für uns zu machen«, giftete Knut zurück. »Aber du kommst mir ja immer zuvor!«

Wilma prustete verächtlich. »Was für eine billige Ausrede!«

Ruth hob beschwichtigend die Hände. Dass die Geschwister sich in Anbetracht der traurigen Umstände stritten, anstatt zusammenzuhalten, fand sie bezeichnend. »Können Sie bezeugen, dass Ihr Bruder um fünf Uhr herum im Bett gelegen und geschlafen hat?«, richtete sie eine Frage direkt an Wilma.

Die junge Frau schüttelte kurz den Kopf. »Nein. Da habe ich selbst noch tief und fest geschlafen.«

»Und Sie?«, fragte Hagen an Knut gewandt.

»Ob ich bezeugen kann, dass meine Schwester um besagte Uhrzeit im Bett gelegen hat?« Er lachte gekünstelt. »Glauben Sie etwa, ich würde ständig in ihr Zimmer schneien und nachsehen, was sie tut? Und das auch noch um fünf Uhr morgens?« Er fasste sich an die Stirn. »Ich kann nicht glauben, dass Sie mich sowas überhaupt fragen. Bestimmt haben Sie keine Schwester und wissen nicht, was Sie riskieren, wenn …«

»Ich habe sehr wohl eine Schwester«, stellte Hagen richtig.

Knut winkte ab. »Wie auch immer. Ich kann Ihnen nicht sagen, was Wilma um fünf Uhr morgens getrieben hat.«

»Getrieben?«, entrüstete sich Wilma.

»Kam es eigentlich oft vor, dass Ihr Vater so früh schon im Schöpfwerk zu tun hatte, wie es heute der Fall war?«, wechselte Ruth das Thema.

Knut zuckte mit den Schultern. »Elko hat sich zu jeder Tag- und Nachtzeit beim Schöpfwerk herumgetrieben. Es gab immer irgendetwas zu tun. Die Uhrzeit war ihm dabei vollkommen egal.«

»Elko wollte wohl die Pumpenanlage überprüfen«, äußerte sich Wilma, die über die Arbeit ihres Vaters besser informiert zu sein schien als ihr Bruder. »In den kommenden Tagen ist nach einer langen Trockenperiode Regen vorhergesagt worden. Wahrscheinlich wollte er sich vergewissern, dass die Anlage einsatzbereit ist, sollte eine Entwässerung des Umlands aufgrund des Niederschlages nötig sein.«

»Und diese Arbeiten … erledigte er sie stets allein oder hatte er Hilfe?«, fragte Ruth.

»Er hat diesen Job ganz allein gewuppt«, antwortete Knut, wobei seine Stimme wieder zornig klang und auch ein unterschwelliger Vorwurf darin mitschwang. »Er hatte eigentlich kaum Freizeit.«

»Es wird aber doch wohl einen Stellvertreter geben«, wandte Hagen ein. »Für den Fall, dass Ihr Vater mal krank wird oder Urlaub machen wollte.«

»In solchen Fällen ist Henrik für ihn eingesprungen«, erklärte Wilma, zog ein frisches Papiertaschentuch aus der Packung und schüttelte es aus, damit es sich zur Gänze entfaltete.

Knut winkte verärgert ab. »Der war allerdings keine große Hilfe für unseren Vater«, sagte er abfällig. »Anstatt Elko zu unterstützen, hat er ihn mit seinen Modernisierungsvorschlägen genervt. Aus diesem Grund hatte er Henriks Dienste auch nur ungerne in Anspruch genommen und die Arbeiten lieber selbst erledigt.«

»Henrik Looster ist für die Tätigkeit in einem Schöpfwerk also ausgebildet?«, versuchte sich Hagen einen Überblick zu verschaffen.

»Er hat die Ausbildung zum Maschinenschlosser erst kürzlich abgeschlossen«, berichtete Wilma. »Und er ist – wie unser Vater – beim Ersten Entwässerungsverband Emden angestellt. Die meiste Zeit hat Henrik allerdings im Schöpfwerk an der Knock zu tun.« Sie seufzte. »Er ist wie wir in Greetsiel aufgewachsen und wohnt in der Nähe vom Sportplatz. Wenn … wenn Elko mal in Rente gegangen wäre, dann hätte Henrik wohl seine Stelle übernommen.« Ihre Stimme war zum Ende hin immer brüchiger geworden, sodass ihre Worte kaum noch zu verstehen gewesen waren. Erneut hielt sie sich das Taschentuch vors Gesicht und weinte.

Knut ballte die Fäuste und biss die Zähne so fest aufeinander, dass die Wangenmuskeln deutlich hervortraten.

Natan Rubisch trat an Ruths Sessel heran und beugte sich zu ihr hinab. »Ich glaube, die Geschwister brauchen jetzt dringend Ruhe«, sagte er mit gedämpfter Stimme. »Vielleicht sparen Sie sich Ihre ungestellten Fragen besser für einen späteren Zeitpunkt auf.«

»Wir waren hier jetzt sowieso fertig«, sagte Ruth und stand auf. Mitfühlend sah sie die Geschwister an. »Lassen Sie es uns wissen, sollte Ihnen noch etwas Sachdienliches einfallen.«

Knut sah mit finsterer Miene zu ihr auf. »Finden Sie den Mörder meines Vaters!«, knurrte er zwischen zusammengebissenen Zähnen hervor. »Er muss bestraft werden!«

»Wir geben unser Bestes«, beteuerte Ruth, nickte den jungen Leuten zum Abschied zu und wandte sich ab.

Hagen schloss sich ihr an, und gemeinsam verließen sie das Wohnzimmer. Der Seelsorger blieb bei den Geschwistern und redete mit sanfter Stimme auf sie ein.

*

»Den Umgang mit Angehörigen von Mordopfern finde ich an unserem Beruf am anstrengendsten«, gestand Hagen, als sie das Haus verließen. »Die heftigen Emotionen sind für mich manchmal undurchschaubar. Ich kann kaum abschätzen, ob Berechnung oder Falschheit darin mitspielen oder ob die Trauer echt ist.«

»Hatten Sie denn den Eindruck, dass die Geschwister nicht aufrichtig gewesen sind?«, wollte Ruth wissen.

Hagen zuckte unschlüssig mit den Schultern. »Was diesen Henrik Looster betrifft, waren sie sich jedenfalls uneins. Es kam mir vor, als hätte Wilma mit diesem Mann womöglich was laufen. Knut scheint ihn hingegen regelrecht zu hassen. Beide haben sich an diesem Henrik festgebissen, wenn auch aus anderen Gründen. Sie waren gar nicht in der Lage zu überlegen, ob andere Personen als Täter infrage kommen. Das fand ich irgendwie seltsam. Als wollten sie uns einen Köder hinwerfen, um von sich selbst oder anderen abzulenken.«

»Behalten Sie diesen Ansatz im Auge«, bat Ruth. »Vielleicht führt er ja zu einer Spur.«

»Knöpfen wir uns jetzt Henrik Looster vor?«

»Unbedingt.« Ruth deutete zu einem kompakt gebauten Mann auf der anderen Straßenseite hinüber, dort wo die Einsatzwagen der Spurensicherung parkten. »Jetzt erkundigen wir uns beim Chef der Spurensicherung aber erstmal über den Stand der Dinge.«

Sie gingen auf Max Engel zu, der einer Kollegin in weißem Schutzanzug gerade ein paar Anweisungen gab. Die Frau nickte und wandte sich im selben Moment ab, als Ruth und Hagen hinzutraten.

31

»Moin«, begrüßte Max sie und blinzelte in die Sonne, die durch die Blätter der umstehenden Bäume schien. »Eine verrückte Sache ist das. Es sind kaum Spuren in der Pumpenhalle zu finden. Es gibt nicht einmal Schuhabdrücke. Da scheint jemand nach dem Verbrechen sauber gemacht zu haben.«

»Und Fingerabdrücke?«, fragte Hagen.

»Auf den Maschinen gab es ein paar wenige. Sie sind alle identisch und stammen wahrscheinlich vom Opfer.«

»Ist ersichtlich, was Elko Meming in der Pumpenhalle gemacht hat?«, erkundigte sich Ruth. »Seine Tochter meinte, dass er die Anlage überprüfen wollte.«

Max hob eine Schulter. »Die Leiche lag in unmittelbarer Nähe der mittleren Pumpe. Das ist aber auch schon der einzige Hinweis, dass er sich mit dieser Maschine womöglich befassen wollte. Sonst weist nichts auf etwaige Reparatur- oder Instandsetzungsarbeiten hin. Der Mann hatte nicht einmal Werkzeug bei sich.«

»Wie sieht es in den anderen Räumen des Schöpfwerks aus?«, fragte Hagen.

»Die sind in tadellosem Zustand. In einem Museum könnte es nicht sauberer und ordentlicher aussehen.«

Diese Äußerung brachte Ruth auf eine Idee. »Womöglich war für heute eine Touristenführung durch das Schöpfwerk geplant«, sagte sie an Hagen gewandt. »Überprüfen Sie das bitte.«

Hagen holte sein Smartphone hervor und machte sich sogleich daran zu schaffen, um Ruths Bitte nachzukommen.

Derweil rieb sich Max den Nacken und verzog bedauernd das Gesicht. »Ich fürchte, von meinen Leuten können Sie diesmal nichts Erhellendes erwarten. Dieser Tatort gibt an Spuren kaum etwas her.«

Ruth seufzte, denn wie es aussah, würde sich dieser Mordfall nicht schnell aufklären lassen. Die gemeinsame Zeit mit Clarissa würde darunter zweifellos leiden.

Ein Leichenwagen kam den Schatthauser Weg hochgefahren. Ruth fasste ihren mit dem Handy beschäftigten Kollegen am Arm und zog ihn von der Straße. Das Bestattungsunternehmen würde Elko Memings Leichnam nun nach Emden in die Pathologie bringen, damit Dr. Schreiner sie dort genauer untersuchen konnte. Ruth hoffte sehr, dass der Gerichtsmediziner dabei Anhaltspunkte entdeckte, die ihnen die Identifizierung des Mörders erheblich erleichtern würden.

»Unsere Anwesenheit ist hier nicht länger erforderlich«, sagte sie an ihren Partner gerichtet. »Machen wir uns also auf den Weg zu Henrik Looster.«

Hagen hob kurz sein Smartphone. »Henrik wohnt in der Okko-tom-Brook-Straße, direkt gegenüber dem Fußballplatz, habe ich gerade herausgefunden.«

»Dann nichts wie hin.«

Sie verabschiedeten sich vom Chef der Spurensicherung, winkten auch den Herrschaften vom Bestattungsunternehmen kurz zu und steuerten dann auf den zivilen Einsatzwagen der Greetsieler Polizei zu, den Hagen am Ende der Straße geparkt hatte. Trotz des sommerlichen Wetters hatte er es sich nicht nehmen lassen, mit dem BMW zum Fundort der Leiche zu fahren, anstatt eines der E-Bikes zu nehmen, die ebenfalls zum Fuhrpark der Polizeistation gehörten. Ruth, die mit ihrem Privatfahrrad gekommen war, würde ihren Drahtesel später beim Schöpfwerk abholen, denn jetzt wollte sie sich den Luxus gönnen, sich von Hagen herumchauffieren zu lassen.

»Wie geht es Clarissa denn eigentlich?«, fragte Hagen unbeschwert, nachdem sie eingestiegen waren. Er hatte mit Ruths Tochter schon öfter zu tun gehabt; die beiden fanden sich recht sympathisch.

Ruth seufzte und ließ den Schließmechanismus des Sicherheitsgurtes einrasten. »Ausgezeichnet, wie es scheint. Der Aufenthalt in Greetsiel tut ihr offenkundig gut.«

Hagen wendete den Wagen und sah Ruth dann von der Seite an. »Aber?«, fragte er in der Erwartung einer Einschränkung.

Ruth zuckte mit den Schultern. »Nichts aber.«

Hagen beschleunigte bis zur zugelassenen Geschwindigkeit. »Wie hat sie es aufgenommen, dass Sie sich jetzt um die Aufklärung eines Mordes kümmern müssen?«, setzte er mit einer Frage nach.

»Das macht ihr anscheinend viel weniger zu schaffen als mir«, gab Ruth verhalten zurück.

Hagen schenkte seiner Chefin ein begütigendes Lächeln. »Machen Sie sich nichts daraus. Alle Kinder wachsen irgendwann über ihre Eltern hinaus. Das ist ganz normal!«

Ruth bedachte Hagen mit einem scheelen Seitenblick, schwieg jedoch.

Kapitel 3

Hagen Reese stoppte den BMW in einer Parkbucht gegenüber der Grundstückseinfahrt, die auf das kleine Einfamilienhaus zuführte, in dem Henrik Looster wohnte. Hagen hatte Glück, diesen freien Platz noch gefunden zu haben, denn die meisten Buchten entlang der Okko-tom-Brook-Straße waren bereits mit Fahrzeugen der Tagesgäste belegt, die Greetsiel an diesem Wochenende einen Kurzbesuch abstatten wollten. Entsprechend belebt ging es auf der Straße zu. Paare und Familien mit Kindern schoben sich am Rand der schmalen Fahrbahn auf die Mühlenstraße zu. Es herrschte eine ausgelassene, fröhliche Stimmung, die sofort ansteckend auf die Kriminalisten wirkte.

Hagen schaute sich mit leuchtenden Augen erfreut um und auch Ruths schwermütige Gedanken waren plötzlich wie fortgeblasen. Kinderlachen schallte zu ihnen herüber, hob sich akustisch kurz von dem unbeschwerten Geplauder der Erwachsenen ab. Eine Fahrradklingel tönte glockenhell auf, und ein Hund bellte.

Ruth und Hagen schoben sich durch den Besucherstrom hindurch und überquerten die Straße. Der Grünstreifen entlang des Asphalts und die Wiesen in den Vorgärten der angrenzenden Wohnhäuser waren raspelkurz gemäht. Einmal mehr überkam Ruth der Eindruck, sich inmitten eines gepflegten Freizeitparks aufzuhalten. Sie schlängelte sich an Hagens Seite an einem Bollerwagen voller Kleinkinder vorbei und ging die Grundstückseinfahrt hinauf, die zu Henrik Loosters Haus führte. Auf der rechten Seite des Gebäudes schloss sich ein Wintergarten mit heruntergelassenen Jalousien an. Links befand sich eine kleine Garage.

Als Hagen die Türklingel betätigte, schallte hinter dem Haus das laute Schrillen einer Glocke auf. Wenig später folgte aus derselben Richtung ein Rufen: »Ich bin im Garten!«

Ruth, die die Worte als Aufforderung verstand, sich hinter das Haus zu begeben, machte sich prompt auf den Weg. Hagen hastete hinter ihr her, und gemeinsam umrundeten sie den Wintergarten. Dieser öffnete sich zum hinteren Grundstück hin, bei dem es sich um eine plane, fantasielose Rasenfläche handelte, wie sie für die ostfriesischen Gärten inmitten der Touristengebiete typisch war.

Auf einer nach Süden ausgerichteten Liege lag lang ausgestreckt ein junger Mann, der bis auf khakifarbene Shorts und eine Sonnenbrille unbekleidet war. Die Hände hinterm Nacken verschränkt präsentierte er sein jugendliches Gesicht und seinen muskelbetonten Körper der Sonne. Er gab seine entspannte Haltung jedoch sofort auf, als er der beiden Kriminalisten gewahr wurde. Abrupt setzte er sich auf und schob die Sonnenbrille in sein blondes kurzes Haar. Offenbar hatte er mit jemand anderem gerechnet, nicht aber mit dieser herbattraktiven Frau in den fortgeschrittenen Fünfzigern und ihrem leger gekleideten jungen Begleiter. Ein freundlicher, bestimmter Ausdruck lag in seinen blauen Augen. »Zu den Mühlen und den Krabbenkuttern geht es da entlang«, sagte er und deutete nach Westen.

Ruth zog ihren Dienstausweis und stellte dem jungen Mann dann Hagen und sich selbst vor. Kaum hatte Ruth ihren Namen ausgesprochen, sprang ihr Gegenüber mit einem federnden Satz auf die Beine. »Sie sind Hauptkommissarin Ruth Fasan?«, fragte er perplex. Verwirrt musterte er sie. »Was … genau wollen Sie denn von mir?«

Bevor Ruth antworten konnte, drehte er sich um, stieg hastig über die Liege hinweg und schnappte sich das T-Shirt, das auf dem Rasen lag.

»Sind Sie Henrik Looster?«, stellte Hagen ihm eine Gegenfrage.

»Ja, der bin ich«, kam die Antwort undeutlich unter dem T-Shirt hervor, das sich der Mann soeben über den Kopf streifte, wobei er das Kunststück vollbrachte, die auf seinem Kopf sitzende Sonnenbrille nicht zu berühren.

Ruth wartete, bis Henrik seine Kleidung zurechtgezupft hatte. »Es geht um den Schöpfwerkmeister Elko Meming«, erklärte sie.

Henrik furchte verwundert die Stirn. »So?«, fragte er. »Was ist denn mit ihm?«

»Elko Meming ist heute früh ums Leben gekommen«, informierte Hagen ihn. »Gewaltsam ums Leben gekommen«, betonte er dann. »Und zwar im Pumpenhaus.«

Henrik starrte den Kommissar entgeistert an. »Wie bitte?«, stieß er rau hervor. Sein Blick huschte zwischen Hagen und Ruth unstet hin und her. »Wollen Sie mich etwa auf den Arm nehmen?«

»Wie kommen Sie darauf?«, zeigte sich Ruth verwundert.

Henrik winkte zerstreut ab. Als hätten ihn plötzlich die Kräfte verlassen, setzte er sich auf die Liege. »Es ist also wahr?«, fragte er und sah Ruth verstört an. »Der alte Meming … er ist tot?«

»Er starb an einer Kopfverletzung«, bestätigte Ruth.

Henrik furchte die Stirn. »Es war kein Unfall?« Mit fahriger Geste deutete er auf die Kriminalisten. »Ansonsten würden Sie ja wohl kaum bei mir aufkreuzen.«

»Darauf deutet im Moment einiges hin«, bestätigte Hagen neutral.

Henrik stützte sich mit nach hinten ausgestellten Armen ab. Benommen starrte er vor sich hin. »Das – ist ungeheuerlich.« Erneut blickte er zu den Ermittlern auf. »Wer sollte denn so etwas tun, bitte?«

Ruth und Hagen ließen die Frage unbeantwortet, sahen den Mann schweigend an.

Als dämmerte ihm plötzlich, was hier gespielt wurde, kam Henrik erneut auf die Beine. »Sie glauben doch wohl nicht etwa …«

»Wir stehen mit unseren Ermittlungen noch am Anfang«, beschwichtigte Ruth. »Sämtliche Personen, die mit dem Opfer in Verbindung standen, werden von uns befragt.«

Henrik beruhigte sich daraufhin sichtlich. Erneut ließ er sich auf die Liege nieder. »Ich kann es nicht begreifen«, sagte er benommen. »Elko … ermordet!«

»Wie standen Sie zu dem Schöpfwerkmeister?«, begann Ruth mit einer allgemeinen Frage.

Henrik zuckte mit den Schultern. »Wir hatten beruflich miteinander zu tun. Aber das wissen Sie ja bereits, nicht wahr?«

»Wir hörten, dass Sie und Elko Meming sich nicht immer ganz grün gewesen sind«, warf Hagen ein.

Henrik verzog den Mund. »Natürlich haben Sie bereits mit Knut und Wilma gesprochen«, sagte er wie zu sich selbst. Er nickte. »Ja, es gab Meinungsverschiedenheiten. Das war jedoch nichts Persönliches. Es ging um technische Spezifikationen, mehr nicht.«

»Dieses Thema war von Elko Memings Seite her durchaus emotional aufgeladen«, entgegnete Ruth.

Henrik hob kurz eine Hand. »Manchmal haben wir uns deswegen schon ziemlich gestritten«, räumte er ein. »Das Schöpfwerk muss meiner Meinung nach den neuen klimatischen Bedingungen angepasst werden. Davon wollte Elko jedoch nichts wissen. Er war der Auffassung, dass die Anlagen, so wie sie sind, dem Klimawandel gewachsen wären.« Er schüttelte den Kopf. »Wir haben uns während des verbalen Schlagabtausches nichts geschenkt, waren immer ehrlich und aufrichtig und haben unsere Standpunkte verteidigt, jeder auf seine Art. Aber wir sind dabei nie handgreiflich geworden.«

»Das muss nicht bedeuten, dass es nicht trotzdem eines Tages zu Übergriffen kommen könnte«, wandte Hagen ein.

Henrik lachte. »Elko und ich, wir mögen Sturköpfe gewesen sein, trotzdem sind wir zivilisiert.«

»Jetzt, da Elko Meming nicht mehr ist, werden Sie seine Stelle im Greetsieler Schöpfwerk womöglich übernehmen«, merkte Ruth wie beiläufig an.

Henrik rieb mit den Händen über sein Gesicht. »Ich habe Elko nichts angetan«, sagte er. »Ich bin ein friedliebender Mensch.«

»Wo waren Sie denn heute Morgen so um fünf Uhr rum?«, fragte Hagen übergangslos.

Henrik starrte einen Moment blicklos vor sich hin. Sein Gesicht wirkte leicht erhitzt. Verschämt sah er zu Ruth auf und starrte dann auf seine Fußspitzen. »Ich war die ganze Nacht mit Clarissa zusammen«, sagte er.

Ruth wich überrumpelt einen Schritt zurück. »Clarissa, welche Clarissa?«, fragte sie perplex.

»Ihre Tochter«, antwortete Henrik. »Clarissa Fasan … sie ist Ihre Tochter, nicht wahr?«

»Sie wollen allen Ernstes behaupten, mit der Tochter der Hauptkommissarin zusammen gewesen zu sein, als Elko Meming ermordet wurde?«, fragte Hagen aufbrausend. »Unverfrorener kann man ja wohl nicht mehr sein!«

»Fragen Sie Clarissa«, erwiderte Henrik. Er verzog unglücklich den Mund und schielte verlegen zu Ruth hinauf. »Ich wünschte, Sie hätten auf anderem Weg davon erfahren. Clarissa dürfte es kaum gefallen …«

»Und ob wir Clarissa fragen werden!«, rief Hagen. Erzürnt schüttelte er den Kopf und sah seine Chefin dann von der Seite an. »Was wird hier gespielt?«

Ruth zuckte mit den Schultern. »Das wird sich noch herausstellen«, sagte sie um Fassung bemüht.

»Sie müssen mir glauben«, sagte Henrik eindringlich. »Ich habe mit dem Tod von Elko Meming nichts zu tun!«

Ruth holte einmal tief Luft. »Vorerst haben wir keine weiteren Fragen«, sagte sie plötzlich. »Womöglich hören Sie wieder von uns.«

Henrik stand auf. »Es tut mir leid«, sagte er entmutigt. »Clarissa hat mir erst heute Nacht gesagt, wer ihre Mutter ist. Ich wusste nicht …«

Ruth winkte ab. »Das ist nicht wichtig.«

»Also, ich finde schon, dass das eine Rolle spielt!« Hagen war noch immer aufgebracht, und er schien nicht gewillt, die Sache auf sich beruhen zu lassen. »Wie haben Sie Clarissa überhaupt kennengelernt?«, wollte er wissen.

»Es war vor zwei Tagen«, gab Henrik bereitwillig Auskunft. »Ich hatte am Rechen beim Greetsieler Außentief zu tun. Dort wo die Mühlenstraße über den Kanal führt, hatte sich ein kleiner umgestürzter Baum im Rechen verfangen. Elko hatte mich gebeten, mich darum zu kümmern. Während ich also den Baum aus dem Wasser zog, kam Clarissa plötzlich die Böschung hinuntergestiegen und ging mir zur Hand.« Er lächelte. »Sie ist eine engagierte junge Frau. Das hat mir imponiert. Und so sind wir ins Gespräch gekommen. Es war schnell klar, dass wir … dass wir uns sehr sympathisch finden.«

Ruth schüttelte kaum merklich den Kopf. »Das klingt ganz nach meiner Clarissa«, sagte sie. »Spontan und unüberlegt.« Unwirsch bedeutete sie Hagen, dass er mit ihr kommen sollte. Noch einmal verabschiedete sie sich förmlich von Henrik und wandte sich ab.

Hagen zögerte einen kurzen Moment, eilte seiner Chefin dann aber hinterher. Leicht verärgert fragte er: »Haben Sie denn wirklich keine Fragen mehr an diesen Burschen?«

»Er hat für die Tatzeit ein Alibi«, gab sie leicht ungehalten zurück.

»Dennoch könnte er uns einen Hinweis liefern, wer als Täter infrage kommen könnte.«

Ruth drängelte sich an den Passanten vorbei. »Er hat gesagt, er könne sich nicht vorstellen, wer Elko Meming getötet haben könnte. Das reicht doch aus!«

Hagen blies die Wangen auf und ließ hörbar Luft entweichen. »Also ich finde …«

Ruth blieb so unvermittelt stehen, dass ein Radfahrer ihr gerade eben noch ausweichen konnte. Der Mann klingelte erbost mit der Fahrradglocke und warf Ruth einen bösen Blick zu. »Wir werden jetzt Folgendes tun«, sagte sie an Hagen gerichtet. »Sie werden diesem Steffen Grotje mal ein wenig nachspüren. Lassen Sie sich die Aufnahmen geben, die er im Pumpenhaus gemacht hat. Und anschließend schauen Sie sich an, was er in seinen Internetkanälen so alles veröffentlicht hat.«

»Und Sie, was werden Sie tun?«, fragte Hagen, während er hinter Ruth hereilte, die sich in Bewegung gesetzt hatte und auf den zivilen Einsatzwagen zuging.

»Ich werde das Alibi von Henrik Looster überprüfen«, sagte sie mit hartem Unterton. »Fahren Sie mich bitte zurück zum Schöpfwerk«, wurde sie dann ein wenig umgänglicher. »Ich werde mir mein Fahrrad schnappen und Clarissa aufsuchen!«

*

Ruth fand ihre Tochter am Greetsieler Badesee. Dieser lag nur einen Katzensprung von ihrem strohgedeckten Friesenhaus entfernt und erstreckte sich mit seinen schilfbewachsenen Ufern zwischen Deich und Leyhörner Sieltief etwa einen halben Kilometer nach Westen. Am östlichen Ende gab es einen Strandabschnitt, und der war um die Mittagszeit gut besucht. Familien machten dort ein Picknick, und Pärchen hatten es sich auf ihren Stranddecken gemütlich gemacht. Im seichten Wasser des Sees planschten einige Kinder. Ein fröhliches Lärmen und der Geruch von Sonnenmilch lagen in der Luft.

Clarissa hatte auf dem Küchentisch für ihre Mutter eine Nachricht zurückgelassen, in der sie mitteilte, dass sie zum Badesee aufgebrochen war, um den Sommertag dort zu genießen. Mit einem Sonnenhut auf dem Kopf hatte sich Ruth zu Fuß auf den Weg gemacht. Beim Strand musste sie sich unter den Badegästen erst einmal gründlich umsehen, bis sie ihre Tochter schließlich entdeckte. Clarissa hatte inmitten des Gewusels eine Strandmuschel aufgebaut, lag, die Kopfhörer aufgesetzt, auf dem Bauch und las in einem Buch. Sie trug einen bunten Bikini und tauchte erst aus ihrer Welt auf, als Ruth sich neben sie setzte.

»Mama!«, rief sie verblüfft und streifte die Kopfhörer von den Ohren. Ruhige, plätschernde Klaviermusik tönte aus den Hörmuscheln. »Habt ihr den Mord etwa schon aufgeklärt?« Sie legte ein Lesezeichen ein und klappte das Buch zu; ein Liebesroman, wie Ruth beiläufig feststellte.

»Schön wär's«, sagte sie und verzog den Mund.

Clarissa drehte sich auf die Seite und musterte ihre Mutter aufmerksam. »Was ist los?«, fragte sie. »Abgesehen davon, dass jemand ermordet wurde, meinte ich natürlich.«

Ruth wiegte abwägend den Kopf. Sie wusste nicht recht, wie sie das Gespräch beginnen sollte. »Wie man's nimmt«, sagte sie ausweichend.

Clarissa setzte sich auf und schaltete auf ihrem Handy die Musik ab. »Jetzt bin ich beunruhigt«, sagte sie. Mit schiefgelegtem Kopf betrachtete sie ihre Mutter. »Ich kenne diesen Gesichtsausdruck. Dich beschäftigt etwas. Und es hat unmittelbar mit mir zu tun.«

Ruth atmete tief durch. »Henrik Looster«, sagte sie dann nur.

Clarissa zog die angewinkelten Beine unter den Körper. Ihre Miene verfinsterte sich. »Was ist mit ihm?«, fragte sie beklommen. Mit gedämpfter Stimme, damit die anderen Badegäste sie nicht hören konnten, fuhr sie fort: »Ist er etwa das Mordopfer?«

Erschreckt hob Ruth die Hand an den Mund. »Nein, ist er nicht!«, beeilte sie sich, die böse Vorahnung ihrer Tochter zu zerstreuen. »Ihm geht es prächtig, soweit ich das beurteilen kann.«

Ein strafender Ausdruck machte sich auf Clarissas Gesicht breit. »Willst du mir nicht endlich sagen, was los ist? Oder möchtest du mir lieber weiterhin Angst einjagen?«

»Warst du vergangene Nacht mit Henrik zusammen?«, fragte Ruth unvermittelt.

Clarissa setzte eine entrüstete Miene auf. »Mir gefällt der Tonfall nicht, in dem du mich das fragst«, sagte sie patzig. »Schließlich muss ich dich nicht um Erlaubnis fragen, wenn ich mich mit jemandem …«

»Darum geht es hier doch gar nicht«, stellte Ruth richtig.

Clarissa stemmte die Hände in die Hüften und richtete im Sitzen den Oberkörper kerzengerade auf. »Findest du es nicht in Ordnung, dass ich etwas mit einem Mann anfange, nachdem es eigentlich so ausgesehen hat, dass ich mich mehr für Frauen interessiere?«

Ruth hob in einer hilflosen Geste die Arme. »Meine Güte – natürlich nicht!« Sie musterte ihre Tochter prüfend und fragte sich, ob sie ihr womöglich wegen der eben von ihr geäußerten Befürchtung nichts von ihrer neuen Bekanntschaft erzählt hatte. »Es ist deine Sache, mit wem du …« Sie ließ den Satz unvollendet. »Es ist viel komplizierter.«

»Woher weißt du überhaupt von Henrik und mir?«, erkundigte sich Clarissa misstrauisch. »Spionierst du mir etwa nach?«

»Jetzt reicht's aber!« Ruth kniff die Lippen zusammen, als sie gewahr wurde, dass sie mit ihrem Ausruf die Aufmerksamkeit einiger Badegäste auf sich gezogen hatte. Sie umfasste die Schultern ihrer Tochter und sah ihr fest in die Augen. »Du weißt, was Henrik Looster beruflich macht, nehme ich an?«

Clarissa nickte leicht eingeschüchtert. »Er ist für den Ersten Entwässerungsverband Emden tätig.«

Ruth nickte. »Und?«

Clarissa zuckte ratlos mit den Achseln. »Und? Ich weiß nicht, worauf du hinauswillst!«

»Henrik hilft manchmal beim Greetsieler Schöpfwerk aus«, sagte Ruth.

»Ja. Darum habe ich ihn überhaupt erst kennengelernt. Er hatte einen entwurzelten Baum, der ins Neue Greetsieler Außentief gefallen war, aus dem Wasser gefischt, weil der sich am Rechen verfangen hatte. Der Schöpfwerkmeister hatte ihn darum gebeten.«

»Der Schöpfwerkmeister«, sagte Ruth und nickte erneut. »Um den geht es hier eigentlich!«

Clarissa riss die Augen auf. »Elko Meming ist das Mordopfer?«, flüsterte sie mit tonloser Stimme.

»Mhm«, machte Ruth.

Clarissa streifte im plötzlichen Verstehen Ruths Hände von ihren Schultern. »Und du glaubst, Henrik könnte damit zu tun haben?«, fragte sie entgeistert.

»Wir«, verbesserte Ruth ihre Tochter. »Hagen und ich … wir sahen uns verpflichtet, gewissen Hinweisen nachzugehen, auf die ich hier nicht näher eingehen kann. Henrik wäre als Tatverdächtiger durchaus infrage gekommen – bis zu dem Zeitpunkt, als er uns sein Alibi nannte.« Ruth lächelte schwach. »Du kannst dir sicherlich vorstellen, wie verblüfft ich war, als in diesem Zusammenhang dein Name fiel.«

Clarissa legte sich eine Hand auf die Brust. »Dieser Mord ereignete sich in der vergangenen Nacht?« Es war mehr eine Feststellung denn eine Frage.

»Ich muss Henriks Alibi überprüfen, Clarissa«, sagte Ruth ernst.

»Ich war die ganze Nacht mit ihm zusammen«, platzte es aus ihrer Tochter hervor.

»Warst du es auch heute Morgen um fünf Uhr herum?«

Clarissa rückte mit dem Oberkörper ein Stück von ihrer Mutter weg. »Fünf Uhr?«, fragte sie beklommen.

»Mhm.«

Clarissa schluckte trocken, schüttelte dann aber den Kopf. »Da war ich unterwegs. Ich bin um halb fünf aufgewacht und habe mich leise davongeschlichen«, erzählte sie. »Henrik hatte noch geschlafen, also habe ich ihn nicht geweckt, um Tschüss zu sagen und so.«

»Warum denn das?«, wunderte sich Ruth.

Clarissa errötete leicht. »Ich … weil ich rechtzeitig zu Hause sein wollte«, flüsterte sie. »Du solltest nicht merken, dass ich die Nacht gar nicht im Deichhaus verbracht habe, sondern … sondern …«

Ruth seufzte und bedachte ihre Tochter mit einem milden, nachsichtigen Lächeln. »Als du vor gut einem Jahr heimlich mit Clarissa angebandelt hattest und ich es schließlich herausfand, da habe ich dir gesagt, dass es nur eine Sache gibt, die für mich wichtig ist, egal, wen du liebst.«

Clarissa nickte verstehend. »Dass ich glücklich bin.«

»Und daran wird sich nie etwas ändern«, beteuerte Ruth.

Clarissa wischte sich eine Träne aus den Augenwinkeln. »Ich weiß auch nicht, warum es mir bei diesen Dingen so schwerfällt, dir gegenüber offen zu sein.«

»Vielleicht, weil du dir selbst nicht im Klaren bist, was du nun wirklich willst. Und das verunsichert dich.«

Clarissa ließ ein müdes Lächeln auf ihren Lippen erscheinen. »Wer weiß«, sagte sie nicht gerade überzeugt.

»Wie auch immer.« Ruth stand auf.

»Was hast du denn jetzt vor?«, fragte Clarissa verunsichert.

Ruth zuckte mit den Schultern. »Henriks Alibi hat sich gerade in Luft aufgelöst. Ich werde also da weitermachen, wo …«

»Er hat mit diesem Mord ganz sicherlich nichts zu tun!«, begehrte Clarissa auf.

»Nicht so laut!«, mahnte Ruth und sah sich unbehaglich um.

Clarissa kam nun ebenfalls auf die Beine. »Henrik ist ganz sicherlich kein Mörder«, sagte sie mit gedämpfter eindringlicher Stimme.

»Das wird sich zeigen.« Ruth atmete tief durch. »Kommst du mit ins Deichhaus?«, wechselte sie dann im Plauderton das Thema. »Wir könnten gemeinsam was essen. Und dann gehe ich ins Büro und sehe nach, was Hagen inzwischen herausgefunden hat.«

Clarissa begann hastig ihre Sachen zusammenzupacken. »Henrik ist ein Guter«, murmelte sie dabei vor sich hin. »Und davon werde ich dich überzeugen!«

Kapitel 4

Die Polizeiwache von Greetsiel war in einem restaurierten kleinen Friesenhaus untergebracht. Dem urtümlichen Gebäude mit seinem Ziergiebel, den kleinen Sprossenfenstern und der schmucken Eingangstür, über der eine antike Laterne hing, war von außen nicht anzusehen, wie modern es innen eingerichtet war. Hätte das blaue Schild mit der Aufschrift »Polizei« nicht neben der Tür gehangen, hätte man dieses kleine putzige Häuschen auch für ein gewöhnliches ostfriesisches Wohnhaus halten können, in dem eine alteingesessene Familie lebte.

Über den Empfangsbereich wachte Alice Bergmann, eine pummelige Streifenpolizistin, deren Kopf mit dem rotbraunen Kurzschopf so eben gerade über die Thekenplatte ragte, wenn sie hinter dem Tresen auf ihrem Bürostuhl saß.

»Moin«, grüßte sie die Hauptkommissarin, als diese die Wache jetzt betrat. Wie es ihre Art war, kam Alice ohne Umschweife gleich zur Sache. »Die Kollegen der Spurensicherung sind bereits abgezogen, und die Leiche ist auf dem Weg nach Emden.« Sie zupfte am Kragen ihrer stramm sitzenden Uniform. »Das Schöpfwerk habe ich mit einem Polizeisiegel versehen. Und die Führung, die für heute geplant war, habe ich absagen lassen.«

»Danke«, sagte Ruth, während sie das bewegliche Thekenstück hochklappte und Alice' Arbeitsbereich betrat. Den musste sie durchqueren, um in das Büro zu gelangen, das sie sich mit Hagen Reese teilte. »Wie hat die Leiche sich denn auf den Weg nach Emden gemacht?«, fragte Ruth trocken. »Zu Fuß etwa?«

Alice drehte sich mit ihrem Stuhl zur Hauptkommissarin um und verzog das Gesicht. »Ihre Versuche, lustig zu sein, sind manchmal regelrecht unheimlich«, konstatierte sie, kniff sich dann aber doch ein schiefes Grinsen ab. »Ich finde es sehr tapfer von Ihnen, dass Sie Ihr Glück immer wieder aufs Neue versuchen.«

»Ich kann die Hoffnung eben nicht aufgeben, Sie irgendwann einmal zum Lachen zu bringen«, sagte Ruth und ging auf die Verbindungstür des Büros zu.

»Ich kann sehr wohl lachen!«, empörte sich Alice, während Ruth die Tür aufzog. »Ihr trockener Hamburger Humor ist schuld, dass meine Lachmuskeln nicht angesprochen werden, wenn Sie einen Witz reißen.«

»Eines Tages werden Sie dafür bereit sein«, erwiderte Ruth übertrieben ernst, winkte Alice vergnügt zu und schloss die Tür hinter sich.

Hagen, der an seinem Schreibtisch saß, blickte vom Computerbildschirm auf. »Vielleicht versuchen Sie es mal mit einem Ostfriesenwitz«, schlug er vor und bewies damit, dass ihm der Wortwechsel zwischen seiner Chefin und der Streifenpolizistin nicht entgangen war.

Ruth schüttelte den Kopf. »Es würde mir nicht behagen, mich über eine Volksgruppe lustig zu machen, die mir überdies auch noch sehr sympathisch ist. Ostfriesenwitze empfinde ich oft als herablassend und ehrenrührig.«

Hagen lächelte nachsichtig. »Sie sollten das nicht so ernst nehmen. Über sich selbst zu lachen, tut manchmal ganz gut.«

Ruth zuckte wenig überzeugt mit den Schultern. »Dafür ist mein Harmoniebedürfnis wohl einfach zu dominant. Ich möchte, dass die Leute sich verstehen und nicht mit gehässigen Witzen übereinander herziehen.«

Hagen sah seine Chefin nachdenklich an. »Apropos Harmoniebedürfnis – wie ist es mit Clarissa gelaufen?«, wollte er dann wissen.

Ruth stieß einen leisen Seufzer aus. »Henrik Loosters Alibi hat sich als nicht ganz stichhaltig erwiesen.«

Hagen schüttelte verärgert den Kopf. »Clarissa war vergangene Nacht also gar nicht mit ihm zusammen?«

»Jedenfalls nicht bis fünf Uhr morgens«, erwiderte Ruth. »Sie hat Henriks Haus um halb fünf verlassen.«

»Dann hat er also gelogen!«

»Das ist nicht sicher. Er hatte anscheinend noch geschlafen, als Clarissa gegangen ist. Als er irgendwann aufwachte, wird er nicht gewusst haben, wann genau Clarissa sein Haus verlassen hatte.«

»Er wusste es also nicht, hat aber trotzdem behauptet, dass Ihre Tochter zu besagter Zeit bei ihm gewesen ist. Für mich sieht das nach vorsätzlicher Täuschung aus.«

Ruth wiegte abwägend den Kopf. »Sie hält ihn für unschuldig.«

»Klar tut sie das!« Hagen rang die Hände. »Verlieren Sie bloß nicht Ihre objektive Herangehensweise an die Dinge!«

Die Hauptkommissarin ließ sich in ihren Bürosessel fallen. »Ich habe mit meiner Tochter gerade zu Mittag gegessen und mir ausführlich anhören müssen, warum Henrik gar nicht in der Lage ist, jemanden umzubringen.«

Hagen verzog bedauernd das Gesicht. »Sie Ärmste. Aber erzählen Sie mir nicht, Clarissa hätte Sie überzeugt, und dass Henrik jetzt nicht länger zu den Verdächtigen gerechnet werden soll.«

Ruth schüttelte zurückhaltend den Kopf. »Ich möchte ihr ja gerne glauben. Doch ein Alibi, das einer Überprüfung nicht standhält, ist nun mal kein Alibi.«

»Da ist noch mehr, was diesen Henrik verdächtig erscheinen lässt«, sagte Hagen und winkte Ruth zu sich an den Schreibtisch. »Jetzt sogar noch mehr als zuvor.«

»Was haben Sie denn da?« Ruth stand auf und ging zu ihrem Kollegen hinüber, der sich an der Computertastatur zu schaffen gemacht hatte.

»Rollen Sie Ihren Sessel herüber«, forderte Hagen sie auf. »Diese Angelegenheit wird ein wenig länger dauern.«

*

»Sie hatten mich gebeten, mir von Steffen Grotje die Aufnahmen aushändigen zu lassen, die er heute im Pumpenhaus gemacht hatte«, erläuterte Hagen einleitend, während er einen Internetbrowser aufrief und eine Adresse eingab.

Ruth, die neben Hagen mit übereinandergeschlagenen Beinen in ihrem Bürosessel saß, furchte verwundert die Stirn. »Und warum zeigen Sie mir den betreffenden Dateiordner nicht und rufen stattdessen das Internet auf?«

Hagen schnaufte verdrossen. »Weil Steffen offenbar sämtliches vorhandenes Material im Internet veröffentlicht hat. Ich habe das Material verglichen. Die Fotos und Filme auf seinem Handy sind dieselben, die er auch ins Internet gestellt hat.«

»Er hat sämtliche Aufnahmen veröffentlicht?« Ruth schüttelte fassungslos den Kopf.

Hagen nickte. »Und es ist so, wie er sagte: Etliche seiner Videoclips wurden von anderen Nutzern bereits mehrfach geteilt oder sogar kopiert und an anderer Stelle veröffentlicht. Es wäre schier unmöglich, all diese Quellen ausfindig zu machen und eine Löschung anzumahnen.«

Ruth seufzte entnervt. »Verfluchtes Internet.«

»Es ist für uns in mancherlei Hinsicht auch ein Segen«, hielt Hagen dagegen. Er hatte eine Social-Media-Seite aufgerufen und ließ auf dem Bildschirm nun den Kanal von Steffen Grotje abbilden.

Nacheinander sahen sich die Kriminalisten nun Videoclips und Fotos des Tatorts an. Steffen hatte den Leichnam des Schöpfwerkmeisters aus verschiedenen Perspektiven gefilmt oder fotografiert. Das Gesicht des Toten und die Kopfwunde hatte er allerdings unkenntlich gemacht, indem er die betreffenden Bereiche verpixelt hatte. Dennoch war noch genug zu erkennen, um die Aufnahmen für die Besucher der Seite interessant erscheinen zu lassen. Zu den Beiträgen hatte Steffen erklärende Texte verfasst, in denen er einige Anspielungen anklingen ließ, die dem Ganzen einen sensationellen Touch verliehen. Er sprach von Mord, nannte das Opfer aber nie beim Namen. Stattdessen erwähnte er, dass es sich um den Schöpfwerkmeister von Greetsiel handelte. Diese Information reichte allerdings aus, damit Leute bei Interesse schnell herausfinden konnten, wie der Ermordete hieß.

Das Bildmaterial war bereits hundertfach gelikt worden, und Dutzende Kommentare wurden unter den Fotos und Videos aufgelistet. Einigen Filmen waren sogar Werbespots vorgeschaltet. Steffen Grotje verdiente mit seinen Beiträgen offenbar Geld, indem er an den Werbeeinnahmen prozentual beteiligt wurde.

Ruth schnaubte entrüstet, als sie plötzlich eine Fotografie von sich entdeckte. Steffen musste die Aufnahme auf der Bank sitzend geschossen haben, während Ruth an ihm vorbeigegangen war. Sie hatte angenommen, er würde bloß an seinem Handy herumspielen. Dass er sie heimlich fotografieren könnte, war ihr gar nicht in den Sinn gekommen. Der Text, mit dem Steffen das Foto bedacht hatte, klang auch nicht gerade schmeichelhaft. Er ließ darin Zweifel aufkommen, ob »die Frau Hauptkommissarin und ihr junger, noch unerfahrener Kollege« diesen Mordfall überhaupt würden aufklären können.

»Na prima!«, stieß Ruth genervt aus. »Wenn Staatsanwalt Lindau davon erfährt, wird er nicht gerade begeistert sein. Diese Art von Öffentlichkeit schätzt er überhaupt nicht!«

»Steffen Grotje ist ein Nutznießer dieses Verbrechens«, sagte Hagen missbilligend. »Sein Blog und seine Social-Media-Accounts dümpelten, was Beliebtheit und Frequentierung betrifft, seit Monaten vor sich hin. Ich habe das überprüft. Die Abonnentenzahlen waren sogar rückläufig und die Aufmerksamkeit, die er mit seinen Posts erlangte, hielt sich in bescheidenem Rahmen. Das hat sich jetzt alles schlagartig geändert.«

Ruth rieb sich das Kinn. »Haben Sie Steffen Grotjes Alibi überprüft?«

»Das war das Erste, was ich getan habe, als ich ihn aufsuchte«, berichtete Hagen. »Miriam, seine Freundin, hat bestätigt, dass er zu besagter Zeit bei ihr gewesen war.«

»Und für wie glaubwürdig stufen Sie die Aussage dieser Frau ein?«

Hagen zuckte vage mit den Schultern. »Das lässt sich schwer beurteilen. Womöglich finden wir es heraus, wenn wir Miriam ein wenig unter Druck setzen.« Er sah seine Chefin von der Seite an. »Sie haben also auch den Eindruck, dass mit Steffen Grotje etwas nicht stimmt?«

»Wir sollten ihn auf jeden Fall im Auge behalten«, antwortete Ruth ausweichend. Sie tippte mit den Fingerspitzen der ausgestreckten Hand ungeduldig auf die Tischplatte. »Sie meinten vorhin, da gäbe es noch mehr, was Henrik Looster verdächtig erscheinen lässt – außer der Tatsache, dass sein Alibi nicht mehr existent ist.«

Hagen ergriff die Computermaus und bewegte den Cursor auf dem Bildschirm auf einen Link zu. Dieser befand sich am Ende des Begleittextes zu Ruth Fasans Foto. Nachdem Steffen seine Zweifel darüber geäußert hatte, ob die Greetsieler Polizei kompetent genug war, den Mordfall aufzuklären, hatte er im Anschluss eine unkommentierte Weiterleitung zu einem älteren Video platziert, das er selbst gedreht hatte.

Als Hagen diesen Link anklickte, erschien das dazugehörige Video sofort auf dem Bildschirm. Es war laut Datumsanzeige vor knapp einem halben Jahr online gestellt worden.

»Das hier meinte ich.« Hagen deutete vielsagend auf den Monitor und lehnte sich dann in seinem Bürosessel zurück, wie man es tat, wenn man sich in bequemer Sitzhaltung einen Film anschauen wollte. Anschließend startete er die Wiedergabe.

Ruth verengte ihre Augen ein wenig, während sie die Aufnahme verfolgte. Henrik Looster stand zwischen den beiden alten hölzernen

Sieltoren, die für Interessierte zur Veranschaulichung vor der Treppe des Yachtdeiches aufgestellt worden waren. Es nieselte, und Henrik trat in wetterfester Kleidung und Pudelmütze auf. Den Bohlen, Brettern und Beschlägen der ihn flankierenden Tore waren ihr Alter und ihr langjähriger Dienst als Bollwerk gegen die Fluten deutlich anzusehen. Unlängst hatte ein Stahltor die jetzt maroden Torflügel ersetzt, die nichtsdestotrotz noch immer sehr wuchtig und robust anmuteten. Regennass, wie sie jetzt waren, wirkten sie fast so düster und trutzig wie die Tore antiker Burgmauern.

Bei dem Videoclip handelte es sich um ein Interview, das Steffen Grotje mit Henrik Looster geführt hatte. Henrik erläuterte gerade die Funktionsweise der Durchlassbauwerke, wie er die Siele nannte. Er bewegte die Arme und Hände mit ausladenden, raumgreifenden Gesten, während er schilderte, wie die Sieltore geöffnet wurden, wenn auf der Meerseite Ebbe herrschte, sodass das im Binnenland angestaute Wasser hindurchströmen und eine Entwässerung des Umlandes stattfinden konnte. Bei anlaufender Flut wurden die Tore wieder geschlossen, um das Küstengebiet zu schützen.

Henrik machte bei seinen Erläuterungen eine gute Figur, fand Ruth. Seine Gesten verrieten die Kraft und Vitalität, die in seinem Körper steckten. In seinem leicht gebräunten Gesicht wirkten die hellblauen Augen besonders ausdrucksstark. Dann und wann strich er sich keck eine Strähne seines blonden Haars unter die Mütze und lächelte sympathisch in die Kamera. Ruth verstand gut, warum Clarissa sich für diesen jungen Mann sofort hatte begeistern können. Er besaß eine charismatische, einnehmende Ausstrahlung.

»Jetzt kommt's gleich«, schnitt Hagen mit einer Bemerkung in Ruths abschweifende Gedanken. Sie sammelte sich und konzentrier-te sich auf Henriks Worte, die zuvor nur halb gehört an ihren Ohren vorbeigezogen waren.

Henrik legte jetzt eine Hand auf das raue, stark gedunkelte Holz eines der Torflügel. »So wie diese alten Tore ausgewechselt werden mussten, weil sie ihrer Aufgabe nicht mehr gerecht wurden, muss die gesamte Technik des Greetsieler Schöpfwerkes modernisiert wer-den«, forderte er. Seine Stimmlage hatte sich leicht verändert. Henrik klang nun nicht länger wie ein ausgezeichnet informierter Fremden-führer, der eloquent und auf unterhaltsame Weise sein Wissen preis-gab. Etwas unangenehm Eindringliches schwang in seinen Worten mit. »Die Greetsieler Entwässerungsanlage muss den Anforderungen durch den Klimawandel unbedingt angepasst werden«, sagte er mit hartem Unterton, der fast schon verzweifelt klang. »Wenn wir nicht rechtzeitig handeln und das Alte belassen, wie es ist, wird Greetsiel dem Untergang geweiht sein!« Henriks Augen verfinsterten sich unduldsam. »Steigende Meeresspiegel und das von heftigen Regenfällen gespeiste Binnenhochwasser werden dieses malerische Fischerdorf und sein Umland überfluten. Greetsiel wird uns für immer verlorengehen, wenn nichts unternommen wird. Aber es gibt Kräfte, die eine Modernisierung verhindern wollen. Und diese Kräfte manifestieren sich ausgerechnet in unserem Schöpfwerkmeister, der doch eigentlich dafür sorgen sollte, dass Greetsiel uns erhalten bleibt und nicht Opfer des Klimawandels wird!«

Das Interview wurde an dieser Stelle durch einen Werbespot unterbrochen. Hagen drückte die Pausetaste. »Und so wird aus unserem sympathischen Sonnyboy plötzlich ein blindwütig anmutender Hitzkopf«, kommentierte er. »Ein Hitzkopf, der gegen den Schöpfwerkmeister wettert, als sähe er in ihm das personifizierte Böse.«

Ruth legte gedankenversunken den Zeigefinger an die Lippen. »Mit einem solchen Stimmungswechsel hätte ich nicht gerechnet«, sagte sie, nachdem sie den Finger von ihrem Mund ein wenig abgespreizt hatte. »Mit Henrik geht eine beunruhigende Verwandlung vor sich.«

»Diese Seite hat Clarissa an ihm vermutlich noch nicht kennengelernt«, sagte Hagen. »Sonst wäre sie nicht so leidenschaftlich von seiner Unschuld überzeugt gewesen.«

Ruth rieb sich angespannt die Stirn. »Meine Tochter sollte sich dieses Interview unbedingt einmal ansehen«, sagte sie wie zu sich selbst.

»Und wir sollten uns Henrik schnellstmöglich noch einmal vorknöpfen«, forderte Hagen.

Ruth nickte. »Ich will mir dieses Interview erst noch bis zum Ende ansehen.«

»Da kommt nicht mehr viel«, meinte Hagen, ließ das Video aber dennoch weiterlaufen. Der Werbespot wurde fortgesetzt, und als dieser endlich zu Ende war, folgte der letzte Teil des Interviews. Henrik fuhr in seinen mahnenden Worten fort. Allerdings wirkte er jetzt ein wenig gemäßigter, wie jemand, der sich all seinen Frust und seinen Zorn von der Seele geredet hatte.

Zum Abschluss schwenkte Steffen, der in dem Film selbst nicht zu sehen gewesen war, die Kamera herum, bis das Pumpenhaus in den

Aufnahmebereich geriet. Steffen sagte noch ein paar abschließende Worte, dann endete das Video.

Ruth beugte sich vor. »Spulen Sie noch einmal ein kleines Stück zurück«, sagte sie. »Bis zu der Stelle, wo die Kamera über den linken Torflügel gleitet.«

Hagen tat ihr den Gefallen, und als sie »Stopp!« rief, hielt er den Film an. »Da!« Ruth deutete auf eine schattenhafte Gestalt, die hinter dem Torflügel stand und von diesem halb verborgen wurde. »Jemand hat das Interview offenbar im Verborgenen mitverfolgt. Wer ist das?«

Hagen vergrößerte den Ausschnitt und klarte die Darstellung mit einem Zusatzprogramm deutlich auf, bis die Gestalt ein wenig besser zu erkennen war. Es handelte sich um eine junge Frau. Nieselregen hatte ihr strohblondes Haar genetzt; ihr hübsches Gesicht wirkte vergnügt und auch ein bisschen staunend.

»Das ist Wilma Meming«, stellte Hagen fest. »Komisch, dass sie sich da so im Verborgenen aufhält.«

»Vielleicht hatte sie Henrik begleitet, wollte selbst aber nicht gefilmt werden«, mutmaßte Ruth.

»In diesem Fall wäre sie hinter Steffen Grotje besser aufgehoben gewesen«, wandte Hagen ein. »Dort hätte nicht die Gefahr bestanden, dass sie versehentlich in den Aufnahmebereich gerät.« Er drehte sich seiner Chefin zu. »Glauben Sie, Wilma hat die Männer während des Interviews heimlich belauscht?«

»Das wäre zumindest ein bisschen merkwürdig.« Ruth winkte ab. »Befassen wir uns wieder mit diesem Interview. Steffen Grotje hat dieses Video absichtlich mit dem Bericht über seine Entdeckung der Leiche verknüpft. Warum?«

»Er will damit etwas andeuten, daran besteht kein Zweifel«, sagte Hagen. »In diesem Interview-Video präsentiert er quasi einen potenziell Mordverdächtigen.«

Ruth nickte bestätigend. »Henrik Looster, der offenkundig sehr gegen den Schöpfwerkmeister aufgebracht gewesen war. Steffen suggeriert damit indirekt, dass Henrik Elko Meming im Streit getötet haben könnte.«

»Und so unwahrscheinlich ist dieser Verdacht auch gar nicht«, gab Hagen zu bedenken.

Es wurde an die Tür geklopft, und nachdem Ruth »Herein« gerufen hatte, glitt das Türblatt einen Spalt breit auf und Alice steckte den Kopf herein.

»Da ist ein junger, gutaussehender Mann, der Sie gerne sprechen möchte«, sagte sie verschmitzt. Und als Ruth mürrisch eine Augenbraue hob, fügte sie rasch hinzu: »Sein Name lautet Henrik Looster.«

»Der kommt uns wie gerufen«, freute sich Hagen. »Das erspart uns die Mühe, ihn aufzusuchen.« Er sah Ruth fragend an. »Und das hatten wir doch als Nächstes vorgehabt, nicht wahr?«

Ruth nickte überlegend. »Bringen Sie Herrn Looster ins Verhörzimmer«, bestimmte sie an Alice gewandt. »Wir werden uns gleich Zeit für ihn nehmen.«

Die Streifenpolizistin verschwand und zog die Tür leise hinter sich zu.

»Ein guter Schachzug, Henrik ins Verhörzimmer verfrachten zu lassen«, kommentierte Hagen. »Das wird ihn sicherlich nervös machen und ihm zeigen, wie ernst es um ihn steht!«

Ruth hatte einen Verdacht, was Henrik dazu bewogen haben könnte, die Polizeiwache aufzusuchen, behielt diese Überlegung jedoch für sich. Stattdessen wies sie Hagen an, ein paar Vorbereitungen für die bevorstehende Befragung zu treffen.

*

Henrik hatte die gefalteten Hände auf den Tisch gelegt, vor dem er saß, und schaute freundlich auf, als Ruth und Hagen das kleine, schmucklose Verhörzimmer betraten. Ein quadratischer Tisch wurde auf zwei gegenüberliegenden Seiten von Stühlen flankiert. Ansonsten befand sich kein weiteres Mobiliar in dem engen Raum.

Ruth setzte sich dem jungen Mann gegenüber, während Hagen einen Tablet-PC und ein Aufnahmegerät auf den Tisch legte. Anschließend trat er einen Schritt zurück und blieb abwartend stehen.

Henriks Blick huschte unstet zwischen den Kriminalisten hin und her. »Ich bin mir bewusst, dass ich mich in eine schwierige Lage manövriert habe«, sagte er. »Aber ist das hier denn wirklich nötig?« Fahrig deutete er um sich.

Bevor Ruth mit der Befragung begann, wollte sie zunächst ihren Verdacht überprüfen. »Warum haben Sie die Polizeiwache aufgesucht, Herr Looster?«

Henrik faltete erneut die Hände und stützte die Unterarme auf die Tischkante. »Das wissen Sie doch bereits«, sagte er und lächelte mit einem Mundwinkel.

»Ich habe da so eine vage Vermutung«, räumte Ruth ein.

Henrik seufzte. »Ihre Tochter hat mich vorhin angerufen«, erläuterte er. »Um mir mitzuteilen, dass mein Alibi nicht …« Er legte die Hände flach auf den Tisch. »Sie hat mir dringend geraten, hierher zu kommen, um die Sache richtigzustellen.«

Ruth schmunzelte innerlich. Henriks Vorgehensweise trug eindeutig Clarissas Handschrift, das hatte sie sofort erkannt, als Alice ihr seine Ankunft mitgeteilt hatte.

»Was möchten Sie denn richtigstellen?«, erkundigte sich Hagen, beugte sich vor und schaltete demonstrativ das Aufnahmegerät ein.

»Na, dass ich vorschnell behauptet habe, ein Alibi zu besitzen«, sagte Henrik. »Dafür möchte ich mich entschuldigen. Ich hatte aus einer bloßen Annahme heraus angegeben, dass jemand bezeugen könnte, dass ich um fünf Uhr morgens herum nicht beim Schöpfwerk gewesen sein kann. Das war unüberlegt von mir!«

»Wo waren Sie um diese Uhrzeit denn stattdessen?«, fragte Ruth unverfänglich.

Henrik sah sie irritiert an. »In meinem Bett und habe geschlafen … allein, wie Sie ja jetzt wissen.«

»Belassen wir es vorerst dabei«, sagte Ruth. »Momentan beschäftigt uns noch eine andere Sache, die Sie angeht. Und da trifft es sich gut, dass Sie mir jetzt gegenübersitzen.«

Henrik zog die Stirn kraus. »Und was wäre das?«

Erneut beugte sich Hagen vor; diesmal startete das Interviewvideo, das er zuvor in den Speicher des Tablets geladen hatte.

Neugierig reckte Henrik den Hals. Als er sich jedoch selbst auf dem Tablet-Bildschirm sah, umwölkte sich seine Stirn. Nervös begann er seine Hände zu kneten.

Im Verhörraum herrschte Schweigen, während das Interview, das Steffen mit Henrik vor den ausgedienten Sieltoren geführt hatte, abspulte. Hagen hatte die Werbung rausgeschnitten, sodass das Video ohne Unterbrechung durchlief. Als der Clip zu Ende war, lehnte sich Henrik unbehaglich auf seinem Stuhl zurück. Mit düsterer Miene sah er die Ermittler an. »Ich weiß, wie das aussieht«, sagte er beklommen.

Ruth nickte gewichtig. »Die Meinungsverschiedenheit, die zwischen Elko Meming und Ihnen bestanden hat, war von Ihrer Seite offenbar wesentlich tiefgründiger, als Sie uns glauben lassen wollten«, fasste sie zusammen.

»Dieses Interview … es ist unglücklich zusammengeschnitten«, begehrte Henrik auf. »Meine Äußerungen stehen in einem völlig anderen Kontext da, als sie von mir gemeint waren.«

Ruth gab sich gelassen. »Das müssen Sie uns genauer erklären.«

»Steffen hat seine Fragen größtenteils aus dem Filmmaterial entfernt«, erklärte Henrik aufgebracht. »Er hatte mich mit Fragen und Äußerungen zu diesen heftigen Reaktionen provoziert. Aber das ist in dem Interview überhaupt nicht ersichtlich, weil sein Part der Unterhaltung rausgeschnitten wurde!«

»Was hatte Sie denn so sehr in Rage versetzt?«, fragte Hagen.

»Steffen – er kennt meine Schwachpunkte und weiß, welche Knöpfe er drücken muss, um mich aus der Reserve zu locken. Und genau das hat er während dieses Interviews getan!« Henrik deutete unwirsch auf das Tablet. »Die Modernisierung des Greetsieler Schöpfwerkes liegt mir sehr am Herzen. Und genau an dieser Stelle hat Steffen mit seinen provozierenden Fragen angesetzt.«

»Sie hätten ihm Ihr Einverständnis, dieses Material zu veröffentlichen, verwehren können«, wandte Ruth ein. »Aber das haben Sie offenbar nicht getan.«

Henrik seufzte reumütig. »Nein, das habe ich nicht«, räumte er ein. »Weil … weil … Die Eindringlichkeit, mit der ich in diesem Video argumentiere, hat mir selbst imponiert. Ich fand, dass Steffen eigentlich gute Arbeit geleistet hatte. In dem Filmchen wird sehr deutlich, wie wichtig mir mein Anliegen ist, und ich hatte gehofft, die Leute in Greetsiel damit aufzurütteln und auf meine Seite zu ziehen.«

Ruth legte den Kopf schief. »Ist Ihnen das denn gelungen?«

Henrik gestikulierte hilflos. »Ich bin mir nicht sicher. Im Grunde hat sich in der öffentlichen Diskussion über die Siele nicht viel geändert. Die meisten sind damit zufrieden, wie es läuft.« Er ballte die Fäuste und schlug so hart auf den Tisch, dass das Aufnahmegerät und das Tablet ein paar Millimeter hochsprangen. »Aber da täuschen sie sich. Greetsiel wird untergehen, wenn die Entwässerung den veränderten klimatischen Bedingungen nicht angepasst wird!«

Ruth zog die Geräte aus Henriks Reichweite. Dies tat sie nicht, weil sie tatsächlich um die Apparate fürchtete, sondern um Henrik zu bedeuten, dass sie seinen plötzlichen Wutausbruch durchaus wahrgenommen hatte und für bedenklich erachtete.

Der junge Mann zog die Hände verschämt an seinen Körper. »Entschuldigen Sie«, sagte er kleinlaut. »Bei diesem Thema …« Er ließ den Satz unvollendet.

»Wir können also festhalten, dass Sie bei gewissen Angelegenheiten zu unkontrollierten emotionalen Reaktionen neigen«, resümierte Ruth.

Henrik schluckte trocken. »Ich würde niemanden umbringen, nur weil er anderer Ansicht ist als ich!«

»Vielleicht nicht absichtlich«, warf Hagen ein. »Womöglich sind Sie im Affekt auf Elko Meming losgegangen. Sie hatten gar nicht vor, ihn ernsthaft zu verletzen. Dennoch ist es über Sie gekommen und Sie sind mit einem Gegenstand auf ihn los. Dabei wurde Elko Meming leider so schwer verletzt, dass er starb. Als Sie das begriffen, sind Sie wieder klar im Kopf geworden, haben den Tatort gereinigt und alle Spuren beseitigt, die auf Ihre Anwesenheit hindeuten könnten. Dann haben Sie sich davongemacht.«

Henrik schüttelte wie betäubt den Kopf. »Ich habe Elko nicht angegriffen. Ich war zur Tatzeit nicht einmal in seiner Nähe!«

»Sondern?«, fragte Ruth.

Henrik starrte sie an. »Wie ich bereits sagte: Ich lag im Bett und habe geschlafen. Nur kann das leider niemand bestätigen!« Er atmete einmal tief durch. »Ich frage mich langsam, ob es für mich nicht ratsam wäre, einen Anwalt hinzuzuziehen«, sagte er rau.

»Sie sind aus freien Stücken zu uns gekommen«, erwiderte Ruth.

Henrik stand auf. »Dann werde ich jetzt eben aus freien Stücken gehen«, verkündete er. »Ich bin in diese Wache gekommen, um mich zu entschuldigen. Stattdessen werde ich jetzt verhört!«

»Setzen Sie sich bitte«, forderte Ruth den Mann höflich auf. »Ich möchte Ihnen noch etwas zeigen.«

Henrik musterte sie zweifelnd. Dann besann er sich und ließ sich auf seinen Stuhl fallen. »Ich möchte mir von Clarissa nicht vorwerfen lassen, ich hätte ihre Mutter unhöflich behandelt«, kommentierte er sein Tun.

»Das wird Clarissa sicherlich zu schätzen wissen«, gab Ruth freundlich zurück. Sie schob Henrik das Tablet über den Tisch zu und rief eine Bilddatei auf. Es handelte sich um eine Vergrößerung der Gestalt, die sich während des Interviews hinter dem linken Sieltor versteckt gehalten hatte.

»Das ist Wilma, Elkos Tochter«, sagte Henrik, nachdem er einen Blick auf das Tablet geworfen hatte. Er zuckte unbeeindruckt mit den Schultern. »Warum zeigen Sie mir dieses Foto? Wilma ist nicht einmal besonders gut darauf zu erkennen.«

»Hatte Wilma Sie zu dem Interview begleitet?«, fragte Ruth.

»Nein. Wie kommen Sie darauf? Ich gehe Wilma aus bestimmten Gründen lieber aus dem Weg!«

Ruth erklärte ihm, was es mit diesem Bild auf sich hatte.

»Wilma stand während des Interviews hinter dem Sieltor?« Henrik schüttelte überrumpelt den Kopf. »Ich bin mir sicher, dass nicht einmal Steffen das mitgekriegt hat. Aber das sieht ihr ähnlich. Sie tut solche schrägen Sachen, wenn es um mich geht.«

Ruth verschränkte die Arme. »Würden Sie mir das bitte genauer erklären?«

Henrik zuckte gleichmütig mit den Schultern. »Wilma ist vernarrt in mich; das hat sie mir mehrmals gestanden. Aber ich kann und will ihre Gefühle nicht erwidern.«

»Das klingt nicht, als würde Ihr Herz in dieser Angelegenheit sprechen«, merkte Ruth vorsichtig an und zeigte dann auf ihren Kopf.

Henrik verstand diese Geste offenbar, denn er seufzte schwer. »Ich kann nicht mit einer Frau zusammen sein, mit deren Vater ich mich niemals verstehen würde, egal wie sehr ich sie auch mag. Das ist unmöglich! Wilma hätte immer zwischen zwei Fronten gestanden; zwischen ihrem Vater und dem Mann, den sie liebt. Das hätte keine Beziehung lange ausgehalten. Für uns gab es keine gemeinsame Zukunft. Aus diesem Grund habe ich Wilma stets abblitzen lassen.« Er deutete auf das Foto. »Obwohl ich ihr meinen Standpunkt mehrmals in Ruhe erklärt habe, hörte sie nicht auf, meine Nähe zu suchen; manchmal eben auch auf eine ziemlich schräge Art und Weise.«

Ruth musterte den jungen Mann nachdenklich. Henrik schien ein kopflastiger Mensch zu sein, dem seine Prinzipien über seine Gefühle gingen. In diesem Moment fragte sie sich, ob Clarissa lange mit ihm würde glücklich sein können.

Henrik sah sie unverwandt an. »Bestimmt fragen Sie sich jetzt, ob ich für Ihre Tochter gut genug bin, nicht wahr?«, sagte er.

Ruth lächelte schwach. »Ich würde lügen, wenn ich es verneinen würde.« Sie hob abwehrend die Hände. »Doch das tut hier nichts zur Sache. Clarissa trifft ihre eigenen Entscheidungen, und die pflegt sie mit ihrem Herzen und nicht mit ihrem Kopf abzuwägen.«

Henrik stand auf. »Clarissa hält mich für unschuldig; das hat sie mir am Telefon vorhin gesagt. Und wie steht es mit Ihnen? Halten Sie mich für einen Mörder?«

Erneut deutete Ruth auf ihren Kopf. »Das ist eine Sache, die ich nicht mit meinem Herzen ermesse. Ich halte mich an Fakten und Beweise.«

»Und die sprechen gegen mich?«

»Die Fakten und Beweise entlasten Sie nicht«, gab Ruth zurück. »Mehr habe ich dazu nicht zu sagen.«

Henrik stand unentschlossen da. »Und was wird jetzt mit mir geschehen? Wollen Sie mich etwa einsperren?«

»Dafür gibt es keinen Grund«, erwiderte Ruth unaufgeregt. »Wir warten erst einmal ab, was die Spurensicherung und die Obduktion der Leiche womöglich ans Tageslicht fördern.«

»Ich kann also gehen?«

Hagen trat einen Schritt vor. »Wir müssen Sie allerdings bitten, Greetsiel vorerst nicht zu verlassen«, sagte er. »Gut möglich, dass wir Sie noch einmal vorladen müssen.«

»Ich hatte auch nicht vor zu verreisen«, erwiderte Henrik eisig.

»Begleiten Sie Herrn Looster bitte an die Tür«, forderte Ruth ihren Partner auf.

Hagen zögerte kurz, gab Henrik dann aber ein Zeichen, ihm zu folgen. Gemeinsam verließen die Männer das Verhörzimmer. Ruth betrachtete nachdenklich die Tischplatte. In dieser Sitzhaltung verharrte sie noch immer, als Hagen wenig später zu ihr zurückkehrte.

Der junge Kommissar wirkte nachdenklich, und als Ruth ihn fragte, was ihm durch den Kopf ging, zögerte er zuerst.

»Denken Sie, dass Sie womöglich befangen sind?«, antwortete er schließlich mit einer Gegenfrage.

Ruth krauste die Stirn. »Haben Sie denn den Eindruck, dass ich es bin?«, ließ sie ebenfalls eine Frage folgen.

Hagen zuckte unbehaglich mit den Schultern. »Die Gefahr ist meiner Ansicht nach durchaus gegeben.«

Ruth nickte kaum merklich. »Scheuen Sie sich nicht, es mir zu sagen, wenn Sie fest davon überzeugt sind, dass ich wegen Clarissa nicht mehr unvoreingenommen an diesen Mordfall herangehen kann.«

Hagen rieb sich ungemütlich den Nacken. »Dazu wird es hoffentlich nicht kommen.«

*

Ruth ließ das Fahrrad vor ihrem Deichhaus ausrollen und stieg ab. Die Abendsonne stand tief am Himmel und ließ das strohgedeckte Dach geheimnisvoll aufschimmern. Möwen zogen ihre Kreise und erfüllten die Luft mit ihren durchdringenden Schreien. Es versprach, eine lauschige Nacht zu werden, und Ruth überlegte, mit ihrer Tochter auf der Veranda ein Glas Wein zu trinken.

Diesen Gedanken hatte sie noch nicht ganz zu Ende gedacht, als die Haustür aufschwang und Clarissa ins Freie trat. Sie hatte sich hübsch zurechtgemacht, trug ein knielanges, bordeauxrotes Kleid und einen Strohhut. Sie schob sich den Trageriemen ihrer Handtasche über den Kopf, damit sie ihr nicht von der Schulter rutschte, und ging unternehmungslustig auf ihre Mutter zu.

»Du willst fort?«, vermutete Ruth.

Clarissa nickte lächelnd. »Ich fahre mit dem Rad in den Hafen«, erläuterte sie. »Henrik hat mich heute Abend zum Essen eingeladen.« Sie strich sich das Haar in den Nacken. »Ich werde heute wohl auch woanders schlafen.«

»Verstehe.« Ruth bemühte sich, nicht zerknirscht zu wirken, aber das wollte ihr nicht recht glücken.

»Mach dir bloß keine Sorgen um mich«, sagte Clarissa streng. »Ich werde gut auf mich aufpassen.«

»Das weiß ich«, versicherte Ruth und versuchte nicht daran zu denken, dass Clarissa schon einmal in Lebensnot geraten war, als die Greetsieler Polizei das Geheimnis um eine im Meer gefundene Leiche ergründet hatte.

Clarissa, die ihre Mutter nur zu gut kannte, ahnte natürlich sofort, was ihr durch den Kopf ging. Empört stemmte sie die Hände in die Hüften und sah Ruth tadelnd an. »Du denkst doch wohl nicht etwa, dass ich mich in Gefahr begeben werde, wenn ich Henriks Einladung annehme?«

»Nicht wirklich«, erwiderte Ruth und lehnte ihr Fahrrad an die Hauswand.

»Du bist eine schlechte Lügnerin«, stellte Clarissa sachlich fest.

»Ich lüge nicht!«, empörte sich Ruth. »Ich sorge mich lediglich um dich.«

Clarissa stieß einen lauten Seufzer aus. »Henrik ist kein Verbrecher. Du kannst meine Freundschaft zu ihm nicht mit dem gleichsetzen, was mir vor mehr als einem Jahr in Greetsiel widerfahren ist.«

Ruth wollte zu einer Erwiderung ansetzen, aber Clarissa ließ sie nicht zu Wort kommen. »Ich habe mir dieses Interview-Video übrigens angesehen«, sagte sie. »Henrik hat mich gebeten, es zu tun, als wir vorhin miteinander telefoniert haben. Damit ich ein wenig mehr über ihn und seinen Charakter erfahre, meinte er.« Clarissa lächelte verklärt. »Ich finde nichts verwerflich daran, wenn jemand leidenschaftlich für seinen Standpunkt eintritt. Im Gegenteil. Bei Henrik kommt das ostfriesische Temperament während dieses Interviews voll zur Geltung. Er sagt direkt und unverblümt, wie er die Sache sieht. Und das macht ihn in meinen Augen nur noch sympathischer.«

»Hat er dir am Telefon denn auch gesagt, dass er momentan im Fokus unserer Mordermittlungen steht?«, fragte Ruth hart.

Clarissa presste die Lippen aufeinander und nickte. »Ich sagte doch: Henrik ist ehrlich und direkt. Und darum glaube ich ihm auch, dass er mit diesem Mord nichts zu tun hat!«

Clarissa stapfte in den Nebenraum und kam kurz darauf mit einem Fahrrad wieder daraus hervor. Sie wirkte nun leicht ungehalten. »Es ist immer dasselbe«, schimpfte sie leise vor sich hin, aber laut genug, damit ihre Mutter sie hören konnte. »Stets überschattet dein Beruf mein Privatleben. Das war schon so, als ich ein Kind war.«

Ruth presste die Lippen aufeinander, damit ihr die Bemerkung nicht entschlüpfen konnte, die ihr auf der Zunge lag: *Warum musst du dich auch ausgerechnet in Personen verlieben, die in Zusammenhang mit meinen Mordermittlungen stehen?*

»Pass auf dich auf«, sagte sie stattdessen nur.

»Du weißt, dass ich das tue.« Mit diesen Worten schwang sich Clarissa aufs Rad und trat in die Pedale. »Gute Nacht, Mama!«, rief sie ihr über die Schulter hinweg dann aber im versöhnlichen Tonfall zu.

Ruth sah ihrer Tochter mit gemischten Gefühlen hinterher. Sie fühlte sich hilflos, und das war ein Zustand, den sie ganz und gar nicht schätzte, besonders dann nicht, wenn es dabei um ihre Tochter ging.

Entschlossen, nicht untätig zu bleiben, rief sie ihren Kollegen an. Sie brauchte Hagen nicht lange zu bitten, an diesem Abend diskret ein Auge auf Clarissa zu werfen.

»Ich wollte mit Dünya sowieso gerade in ein Restaurant gehen«, erklärte er unbeschwert. »Ich werde es so einrichten, dass ich mit meiner Freundin zufällig in genau dasselbe Lokal einkehre, in das Henrik Clarissa ausführen wird.« Er räusperte sich kurz. »Was jedoch die Zeit danach betrifft …«

»Sie sollen es mit der Überwachung ja nicht gleich übertreiben«, unterbrach Ruth ihn unwirsch. »Henrik soll nur merken, dass wir aufmerksam sind. Das ist völlig ausreichend.«

»Sie können auf Dünya und mich zählen«, versicherte Hagen gut gelaunt.

Eine halbe Stunde später saß Ruth allein in ihrem Strohstuhl auf der Veranda und nippte an einem Glas Wein. Schließlich nahm sie ihr Handy und wählte Felix' Nummer. Was sie jetzt brauchte, waren die verständnisvollen Worte eines Mannes, dem sie voll und ganz vertraute und dem sie ihr Herz ausschütten konnte.

Kapitel 5

Am frühen Morgen erhielt Ruth von ihrer Tochter einen Anruf. Unüberhörbar gut aufgelegt teilte Clarissa ihr mit, dass sie wohlauf war und den kommenden Tag mit Henrik zu verbringen gedachte. »Morgen ist Montag und da muss er früh ins Greetsieler Schöpfwerk. Ihm wurde vom Ersten Entwässerungsverband aufgetragen, die Arbeit von Elko Meming vorerst zu übernehmen, bis eine endgültige Lösung gefunden wurde. Heute ist also der letzte Tag in der Woche, den wir in seiner ganzen Länge entspannt zusammen verbringen können. Rechne also nicht mit mir.«

Ruth bedankte sich bei ihrer Tochter für diese Information und wünschte ihr einen schönen Tag. Sie war erleichtert, dass Clarissa mit keiner Bemerkung hatte durchblicken lassen, dass sie es unangebracht gefunden hätte, dass Hagen und Dünya ausgerechnet in demselben Restaurant aufgetaucht waren, in dem sie gemeinsam mit Henrik gespeist hatte. Offenbar hatte sie sich nicht daran gestoßen, sondern mit Hagen und seiner Freundin sogar ein paar nette Worte gewechselt.

Dass Clarissa nun den ganzen Tag über anderweitig beschäftigt war und keine Zeit für ihre Mutter erübrigen konnte, fand Ruth nicht weiter schlimm. Schließlich hatte sie einen Mord aufzuklären, da war es ihr ganz recht, Clarissa nun nicht vertrösten zu müssen, weil sie an einem Sonntag Polizeiarbeit verrichten musste.

Als Ruth am späten Morgen mit dem Fahrrad bei der Greetsieler Polizeiwache eintraf, war sie recht zufrieden mit sich und der Welt. Auch das mehrstündige Telefonat, das sie in der vergangenen Nacht mit Felix geführt hatte, trug sehr zu ihrer guten Laune bei.

Die Wache war abgeschlossen. Alice hatte heute ihren freien Tag, und mit Hagen war Ruth so verblieben, dass er so lange ausschlafen durfte, wie er wollte.

Ruth schloss die Wache auf und begab sich direkt in ihr Büro, nachdem sie die Eingangstür abgesperrt hatte. Das Telefon auf ihrem Schreibtisch blinkte und zeigte an, dass in ihrer Abwesenheit ein Anruf eingegangen war. Die Nummer der Pathologie in Emden wurde auf dem Display des Apparates angezeigt. Dr. Eugen Schreiner hatte auf dem Band sogar eine Nachricht hinterlassen und bat dringend um einen Rückruf.

Ruth, die jetzt neugierig geworden war, drückte sogleich die Schnellwahltaste.

»Da sind Sie ja endlich«, platzte es aus dem Rechtsmediziner hervor, nachdem er nach dem zweiten Klingeln den Anruf entgegengenommen hatte.

Ruth furchte leicht verwundert die Stirn. »Moin erstmal«, sagte sie zurückhaltend. »Was haben Sie denn so Dringendes auf dem Herzen?«

»Moin«, sagte Dr. Schreiner zerknirscht. »Es geht gar nicht um mich«, stellte er dann richtig, »sondern um Wilma Meming. Bereits gestern hat sie drei Mal in der Pathologie angerufen und mich gefragt, wann der Leichnam ihres Vaters denn endlich freigegeben würde. Ich erklärte ihr, dass dies Sache der ermittelnden Beamten wäre. Dennoch drängte sie mich, mich mit der Untersuchung zu beeilen, denn sie möchte ihren Vater so schnell wie möglich beerdigen.«

Ruth wusste nicht, was sie darauf erwidern sollte. Sie fand, dass ein Rechtsmediziner mit den Hinterbliebenen der Toten, die auf seinem Seziertisch landeten, professionell umzugehen verstehen musste. Deren Befindlichkeiten sollten ihn nicht vor unlösbare Probleme stellen.

»Und heute früh ist diese Frau sogar in den Untersuchungsraum geplatzt«, fuhr Dr. Schreiner aufgebracht fort. »Fragen Sie mich nicht, wie es ihr gelungen ist, sich an meinen Kollegen vorbeizuschleichen, aber plötzlich stolperte sie herein und stand vor dem Leichnam ihres Vaters.«

»Das hätte nicht passieren dürfen«, sagte Ruth leicht aufgebracht.

»Wem sagen Sie das? Ich hatte Mühe, die junge Frau zu beruhigen. Sie wollte darauf bestehen, dass ihr Vater sofort nach Greetsiel in die Kapelle gebracht wird. Ich musste schließlich den Wachdienst rufen und Wilma Meming aus meinem Arbeitsbereich entfernen lassen.«

»Wie geht es ihr jetzt?«

»Sie sitzt draußen im Wartebereich. Ich habe ihr versprochen, mit Ihnen zu sprechen und schnellstmöglich abzuklären, wann der Leichnam freigegeben werden kann.«

»Wie weit sind Sie mit Ihren Untersuchungen denn?«, wollte Ruth wissen.

»Im Prinzip bin ich fertig.«

»Und was ist nun die letztendliche Todesursache?«

»Haben Sie meinen Bericht denn noch nicht gelesen? Ich habe ihn auf dem Polizeiserver bereitgestellt.«

»Ich hatte noch keine Gelegenheit, einen Blick darauf zu werfen«, gestand Ruth.

Der Stellvertreter von Dr. Fixlmillner seufzte. »Ein einziger Schlag in den Nacken hat den Tod herbeigeführt«, erläuterte er. »Die Halswirbel wurden zertrümmert und ein Teil des Hinterkopfes eingedrückt. Der Mann war sofort tot.«

»Das muss ein ziemlich heftiger Schlag gewesen sein«, kommentierte Ruth.

»Ein mit Entschlossenheit und brutaler Härte ausgeführter Hieb, wenn Sie mich fragen. Wahrscheinlich ist eine massive Eisenstange mit acht Zentimeter Durchmesser verwendet worden. Und bevor Sie fragen: Der von mir gestern geschätzte Todeszeitpunkt ist korrekt. Der Mord muss sich etwa um fünf Uhr morgens abgespielt haben.«

»Wies die Leiche Spuren eines Kampfes auf?«, hakte Ruth nach.

»Nein«, lautete die nüchterne Antwort. »Es hat den Anschein, als wäre Elko Meming völlig arglos gewesen, als ihn der tödliche Schlag traf.«

Ruth ließ das Gesagte einen Moment auf sich wirken. »Von meiner Seite spricht nichts dagegen, die Leiche jetzt freizugeben«, sagte sie schließlich.

Dr. Schreiner atmete erleichtert durch. »Ein Glück«, sagte er. »Ich hätte nicht gewusst, wie ich es Fräulein Meming hätte beipulen sollen, dass ich ihren Vater noch länger bei mir behalten muss.«

Mit dieser Bemerkung beendete der Rechtsmediziner das Gespräch. Ruth sah den Hörer einen Augenblick lang befremdet an, ehe sie ihn auf den Apparat zurücklegte.

Ein Klingeln ließ sie im nächsten Moment aufhorchen. Es kam jedoch nicht vom Telefon, sondern schallte von der Eingangstür ins Büro herüber. Das Läuten wiederholte sich. Jemand drückte ununterbrochen auf den Klingelknopf, sodass der Laut fast einem Alarm gleichkam.

Ruth stand auf. »Ich komme ja schon!«, rief sie.

Im selben Moment hörte das Läuten auf. Ruth hatte die Bürotür noch nicht erreicht, da erschien hinter dem Sprossenfenster plötzlich eine Gestalt. Energisch wurde mit der Faust gegen das Glas gehämmert. Ein Gesicht näherte sich der Scheibe, und dann eine Hand, die das Sonnenlicht abschirmte.

»Knut Meming«, murmelte Ruth, als sie das Antlitz am Fenster erkannte. Knut starrte sie direkt an und rief etwas, was Ruth allerdings nicht verstand. Sie gab dem Mann mit einem Wink zu verstehen, zur Tür zu kommen, und verließ das Büro.

*

»Und ich dachte schon, die Greetsieler Polizei würde heute blaumachen«, wetterte Knut aufgebracht, als Ruth die Tür der Wache öffnete.

»Wir arbeiten heute nicht mit der vollen Besetzung, aber es wird gearbeitet«, erklärte Ruth neutral. Sie blieb in der Türöffnung stehen und versperrte Knut somit den Weg in die Wache.

»Warum das denn?«, wollte dieser wissen. »Sie müssen doch einen Mord aufklären!«

»Genau damit war ich gerade beschäftigt, als Sie mich gestört haben«, stellte Ruth in sachlichem Tonfall fest.

»Ach wirklich?« Herausfordernd starrte Knut die Hauptkommissarin an. »Und warum läuft Henrik dann noch immer frei herum?«

»Warum sollte er denn nicht frei herumlaufen?«

Knut ballte die Fäuste. »Weil er ein Mörder ist!«

»Ich werde niemanden nur aufgrund eines Anfangsverdachts einsperren«, stellte Ruth klar.

Knut nickte säuerlich. »Stattdessen lassen Sie es lieber zu, dass Ihre Tochter mit einem Mordverdächtigen in aller Öffentlichkeit zu Abend isst?«

Jetzt wurde es Ruth zu bunt. »Es ist Sache meiner Tochter, mit wem sie ausgeht – habe ich mich da deutlich genug ausgedrückt?« Sie verkniff sich die Frage, woher Knut von Clarissas Aktivitäten erfahren hatte, um dieser ärgerlichen Angelegenheit nicht noch mehr Gewicht zu verleihen.

Knut verzog verächtlich den Mund. »Sie verschonen diesen Mörder nur, weil Clarissa …«

»Genug!«, fuhr Ruth den jungen Mann an. »Kein Haftrichter würde aufgrund der momentanen Sachlage eine Untersuchungshaft für Henrik Looster bewilligen.«

»Dann unternehmen Sie endlich etwas, die erforderlichen Beweise herbeizuschaffen!«, forderte Knut verbittert.

»Was glauben Sie, aus welchem Grund ich an einem Sonntag in meinem Büro sitze?«

Ein Hoffnungsschimmer glomm in Knuts Augen auf. »Es sind also Beweise aufgetaucht? Wann werden Sie Henrik …«

»Darüber kann ich Ihnen keine Auskunft geben«, wehrte Ruth ab, die sich falsch verstanden fühlte und auch noch gar nicht das Material gesichtet hatte, das sie von den Kollegen der Spurensicherung zusammen mit dem Bericht des Rechtsmediziners erhalten hatte.

»Dieses Interview, das Steffen Grotje mit Henrik vor einem halben Jahr geführt hat, zeigt unmissverständlich, dass er ein Motiv hatte, meinen Vater umzubringen!«, sagte Knut eindringlich. »Fast jeder in Greetsiel weiß von einer Begebenheit zu berichten, bei der Henrik und Elko sich gestritten haben. Sehen Sie im Internet nach, da werden Sie alle erforderlichen Hinweise finden!«

Ruth atmete tief durch. Es war erst wenige Minuten her, da hatte sie sich innerlich ein klein bisschen über Dr. Schreiner aufgeregt, weil er mit Wilma nicht zurechtgekommen war. Jetzt stand sie jedoch vor einem ähnlichen Problem, nur dass es Knut, Wilmas Bruder, war, der ihre Geduld und ihre Professionalität auf die Probe stellte. Ihn wie einen lästigen Vertreter an der Tür abzufertigen, fand sie in Anbetracht der Lage unangemessen. Knut hatte ein berechtigtes Interesse, dass der Mörder seines Vaters dingfest gemacht wurde, und es war nur zu verständlich, dass er aufgebracht war. Auf der anderen Seite erschien Ruth das Verhalten der Geschwister auch ein wenig extrem. Sie hielt es daher für erforderlich, sich mit Knut nun ein bisschen näher zu befassen.

Zögernd trat sie zur Seite und bat den jungen Mann mit einer knappen Geste, hereinzukommen. »Setzen Sie sich«, forderte sie ihn dann auf und deutete auf die Besucherstühle gegenüber des Empfangstresens.

Knut kam der Aufforderung nach und blickte düster zu Ruth auf, die sich vor den Tresen gestellt hatte und ihn interessiert musterte.

»Ihre Schwester hält sich in Emden auf und hat darauf gedrängt, dass der Leichnam Ihres Vaters freigegeben wird«, sagte sie. »Und jetzt tauchen Sie bei mir auf und üben Druck auf mich aus. So geht das nicht. Sie müssen die Polizei in Ruhe ihre Arbeit machen lassen.«

Knut presste hart die Lippen aufeinander. »Wilma erträgt den Gedanken nicht, dass unser Vater in diesem kalten Untersuchungszimmer liegen muss«, erklärte er. »Elko hatte genaue Vorstellungen, wie seine Beerdigung ablaufen sollte, wenn er einmal stirbt. Unter das Messer eines Rechtsmediziners zu geraten, gehörte definitiv nicht dazu.«

»Ich habe veranlasst, dass der Leichnam freigegeben wird«, erläuterte Ruth. »Die sterblichen Überreste Ihres Vaters können wohl heute noch von einem Bestatter abgeholt werden.«

Knut nickte halbwegs zufrieden. »Dann müssen Sie jetzt nur noch Henrik wegen Mordes an Elko Meming verhaften. Dann wäre alles geregelt!«

Ruth schüttelte tadelnd den Kopf. »Wer der wahre Mörder Ihres Vaters ist, wird sich erst noch herausstellen müssen.«

Knut sprang auf, baute sich drohend vor der Hauptkommissarin auf. »Wieso wollen Sie nicht begreifen, dass Henrik der Übeltäter ist?«, schrie er außer sich.

Ruth blieb äußerlich gelassen, war innerlich aber darauf gefasst, nötigenfalls Gegenmaßnahmen zu ergreifen, sollte Knut Anstalten machen, handgreiflich zu werden. Momentan traute sie ihm das durchaus zu.

»Sie sollten aufpassen, was Sie sagen.« Ruth sah ihr Gegenüber streng an. »Ihre vorschnelle Vorverurteilung könnte auch dahingehend aufgefasst werden, dass Sie verzweifelt darum bemüht sind, diese Sache so rasch wie möglich abzuschließen, damit es keine weiteren Ermittlungen mehr geben wird.«

Knut wich benommen zurück. »Warum sollte ich das wollen?«, fragte er.

»Es wäre nicht das erste Mal, dass ich so etwas erlebe«, gab Ruth kryptisch zurück.

Knut stand für einen kurzen Moment der Mund offen. »Glauben Sie denn ernsthaft, meine Schwester und ich könnten in den Mord an unseren Vater verstrickt sein?«

»Sie beide haben für die Tatzeit kein Alibi«, entgegnete Ruth, die nicht vorhatte, Knut zu verschonen.

»Und was für ein Motiv sollten wir Ihrer Meinung nach haben?«, erkundigte sich der junge Mann herausfordernd.

»Bisher hatte ich noch keine Gelegenheit, mich näher mit dieser Frage zu befassen«, erwiderte Ruth unterkühlt. »Aber ich lasse mich von Ihnen auch nicht davon abbringen, es zu tun.«

»Das ist nicht Ihr Ernst.«

Ruth spannte die Muskeln an. Sie würde blitzschnell handeln müssen, um eine Attacke abzuwehren, denn Knut war nur eine Armlänge von ihr entfernt.

In diesem Moment wurde die Tür geöffnet und Hagen Reese betrat die Wache. Sein Gespür verriet ihm sofort, wie angespannt die Situation im Empfangsbereich war. »Was ist hier los?«, fragte er streng.

Knut wirbelte zu ihm herum. »Hier ist gar nichts los!«, blaffte er. »Und genau das ist das Problem!« Er schob sich unwirsch an Hagen vorbei und stürmte aus der Wache.

»Soll ich hinterher und ihn zurückholen?«, fragte Hagen.

Ruth schüttelte den Kopf und entspannte ihre Körperhaltung. »Mit Knut und Wilma befassen wir uns später.« Sie deutete mit dem Daumen hinter sich auf die Bürotür. »Zuerst einmal werden wir uns die Unterlagen ansehen, die wir von den Kollegen der Spurensicherung erhalten haben.«

*

Hagen drückte sich auf seinem rollbaren Bürosessel sitzend von seinem Schreibtisch weg und schüttelte den Kopf. »Einen so sauberen Tatort wie dieses Pumpenhaus habe ich noch nie erlebt«, stellte er fest, was in Ruths Ohren ein wenig überkandidelt klang, denn so viele Tatorte hatte Hagen in seiner noch jungen Laufbahn als Kommissar noch gar nicht gesehen. Aber sie musste ihm recht geben. Es war außergewöhnlich, dass die Untersuchung der Halle nicht den kleinsten Anhaltspunkt ergeben hatte, was sich im Pumpenhaus abgespielt haben könnte.

Die Obduktion der Leiche war in dieser Hinsicht nicht weniger unbefriedigend verlaufen. Es hatte sich nicht der leiseste Verdacht ergeben, wer Elko Meming das Lebenslicht ausgepustet haben könnte. Die Untersuchungsberichte der Spurensicherung und des Rechtsmediziners hatten Ruth und Hagen auf ihrem Erkenntnisweg keinen Millimeter vorangebracht.

»Wir sind noch genauso schlau wie vorher«, nörgelte Hagen. »Stundenlang sind wir die Berichte durchgegangen. Und wofür?«

Ruth, die mit verschränkten Armen in ihrem Bürosessel saß, nickte ihm begütigend zu. »Von mir aus können Sie für heute Feierabend machen. Wir werden hier sowieso nicht weiterkommen.«

Die Aussicht auf einen freien Nachmittag, den er mit Dünya verbringen könnte, stimmte Hagen froh. Dennoch machte er ein nachdenkliches Gesicht. »Was werden Sie denn jetzt tun?«, erkundigte er sich.

»Da ich zurzeit nichts Besseres vorhabe, werde ich die Meming-Geschwister mal ein bisschen durchleuchten.«

Hagen furchte die Stirn. »Und was ist mit Henrik Looster? Sollten wir uns den nicht lieber nochmal vorknöpfen?«

»Das kann warten«, erwiderte Ruth. »Der läuft uns schon nicht weg.«

»Weil Clarissa bei ihm ist«, bemerkte Hagen halblaut.

Ruth verengte die Augen. Ihr lag eine harte Erwiderung auf der Zunge, doch gleichzeitig fragte sie sich, ob sie Henrik womöglich tatsächlich nur deshalb verschonte, damit Clarissa heute einen schönen Tag mit ihm verleben konnte. Die Vorstellung, die beiden jetzt aufzustören, um Henrik ein paar Fragen zu stellen, behagte ihr ganz und gar nicht. Aber das war nicht der wahre Grund für ihre Zurückhaltung, wie sie schnell erkannte.

»Henrik war uns gegenüber stets ehrlich, hatte ich den Eindruck. Und er hat sich kooperativ gezeigt. Ich wüsste nicht, was ich ihn jetzt Dringendes zu fragen hätte. Sie etwa?«

Hagen zuckte unschlüssig mit den Schultern. »Die Kollegen der Spurensicherung haben uns jedenfalls kein Material an die Hand gegeben, das neue Fragen hätte aufwerfen können«, musste er einräumen. »Man könnte Henrik trotzdem noch einmal auf den Leib rücken und hoffen, dass er sich in Ungereimtheiten verstrickt.«

Ruth winkte ab. »Aber nicht heute«, sagte sie erneut. Fragend sah sie ihren Partner an. »Dass Clarissa und Henrik gestern Abend zusammen im Restaurant waren, hat sich in Greetsiel offenbar bereits herumgesprochen.«

Hagen zuckte mit den Schultern. »Greetsiel ist ein Dorf, was haben Sie erwartet?«

Ruth seufzte. »Knut scheint zu glauben, dass wir Henrik wegen Clarissa mit Samthandschuhen anfassen.«

»Es steht zu befürchten, dass er nicht der Einzige bleiben wird, der Derartiges für möglich hält. Die Gerüchteküche dürfen wir nicht unterschätzen.«

Ruth holte einmal tief Luft. »Das ist heute nicht mehr Ihr Problem, Hagen. Nehmen Sie sich für den Rest des Tages frei.«

Hagen lächelte. »Dünya wird sich darüber freuen.«

Ruth wedelte mit der Hand. »Dann lassen Sie sie nicht länger warten.«

Hagen fuhr seinen Computer herunter und stand auf. Einen Moment lang stand er unschlüssig da und betrachtete Ruth, die jetzt an ihrem Rechner arbeitete.

»Nun verschwinden Sie schon«, sagte sie, da sie Hagens Blicke auf sich spürte. »Ich kann mich nicht konzentrieren, wenn ich das Gefühl habe, beobachtet zu werden.«

Hagen lächelte berührt, verabschiedete sich und war kurz darauf verschwunden.

*

Eine von Knut Memings Bemerkungen ging Ruth nicht mehr aus dem Kopf. »Fast jeder in Greetsiel weiß von einer Begebenheit zu berichten, bei der Henrik und Elko sich gestritten haben«, hatte er gesagt. »Sehen Sie im Internet nach, da werden Sie alle erforderlichen Hinweise finden!«

Eigentlich hatte Ruth Nachforschungen über die Geschwister anstellen wollen. Dabei musste sie jedoch immer wieder an Knuts Andeutung denken. Dies lag wahrscheinlich auch daran, weil es über die Kinder von Elko und Gerda Meming nicht viel zu finden gab. Im Polizeiregister tauchten sie nicht auf. Ruth stieß lediglich auf einen alten Artikel aus einer ostfriesischen Tageszeitung, in der von Gerda Memings tragischem Tod berichtet wurde. Sie starb an Herzversagen aufgrund eines angeborenen Herzfehlers. An diesem Schicksalsschlag nahmen die Greetsieler großen Anteil, denn der Schöpfwerkmeister war ein angesehener Mann und bekleidete einen wichtigen Posten. Dass er sich zusätzlich zu seinem zeitaufwändigen Beruf nun auch noch allein um die Erziehung seiner Kinder kümmern musste, wurde in dem Artikel besonders hervorgehoben.

All dies war nur mäßig informativ und eröffnete auch keine neuen Verdachtsfälle. Von dem frühen Tod der Mutter abgesehen, schien es sich bei den Memings um eine eher gewöhnliche Familie zu handeln, die im Alltag sicherlich ihre Schwierigkeiten zu meistern gehabt, aber wohl keine sprichwörtlichen Leichen im Keller versteckt hatte. Jedenfalls war dies Ruths Eindruck.

Und so kam es, dass sie schließlich ihrer inneren Stimme nachgab und einen Internetbrowser aufrief, um Knuts Behauptung hinsichtlich etwaiger beobachteter Streitereien zwischen Henrik Looster und Elko Meming zu überprüfen.

Tatsächlich brauchte sie nicht lange zu suchen, entsprechende Treffer wurden ihr auf der Suchliste ohne zeitaufwendige Umständlichkeit angezeigt. Es befremdete sie allerdings ein wenig, als sie feststellen musste, dass die aufgelisteten Beiträge alle neueren Datums und ausgerechnet von Steffen Grotje ins Netz gestellt worden waren.

»Er hat diese Videos gestern Nacht online gestellt«, murmelte Ruth und klickte den ersten Link an. Der führte sie auf einen von Steffens Videokanäle. Bevor der Kurzfilm startete, musste Ruth erst einmal einige Minuten Werbung über sich ergehen lassen. Anschließend war ein älterer, hagerer Mann im Blaumann zu sehen. Er stand vor dem Geländer des Neuen Greetsieler Außentiefs. Im Hintergrund erhob sich das Alte Sieltor.

Die Kamera schwenkte zur Brücke hinüber und filmte sie in der Nahaufnahme. Über dem geschlossenen Sieltor prangte auf der gemauerten Brückenflanke ein historisches Wappen, das zwei kniende Menschen zeigte, die einen gekrönten Adler flankierten. Die Darstellung war mit der Jahreszahl 1798 überschrieben.

»Dieses Durchlassbauwerk wurde 1798 zur Entwässerung des Binnenlandes der Krummhörn errichtet«, erläuterte der Mann, während er erneut im Bildausschnitt auftauchte. »Das Land hier liegt ziemlich tief, und das Siel sollte verhindern, dass sich hier bei Flut überall Wasser breitmachen kann. Außerdem dient die Brücke dem Hafenverkehr.«

»Sie sind Landschaftsgärtner und pflegen die Grünanlagen entlang des Neuen Greetsieler Außentiefs«, war Steffen Grotjes Stimme jetzt aus dem Off zu hören. »Und Sie können uns von einem Streit zwischen dem Schöpfwerkmeister und seinem Gehilfen Henrik Looster wegen dieses historischen Bauwerkes berichten.«

Das Videobild machte einen Sprung, was darauf hindeutete, dass Filmmaterial herausgeschnitten worden war. »… stand genau hier, als die beiden sich oben auf der Brücke gezankt haben«, sagte der Landschaftsgärtner jetzt, den Steffen nicht einmal namentlich vorgestellt hatte. Er deutete hinter sich auf die belebte Brücke, auf der es von Touristen nur so wimmelte. »Henrik wollte den Alten davon überzeugen, dass die Tore mitsamt der Brücke grunderneuert werden müssen, weil wir hier in Greetsiel sonst alle absaufen würden.«

»Ist die Brücke denn etwa baufällig?«, hakte Steffen nach.

»Wo denkst du hin?« Der Mann winkte ab. »Dieses olle Ding wird auch die nächsten zweihundert Jahre noch überstehen«, war er überzeugt. »Das hat sogar eine fachliche Untersuchung gezeigt, die unlängst durchgeführt wurde. Es konnte nachgewiesen werden, dass das Backsteingewölbe der Brücke nach wie vor tragfähig und trotz ihres stolzen Alters dem täglichen Verkehr immer noch gewachsen ist.« Erneut deutete er hinter sich auf die Brücke. »Und das soll was heißen, wenn man bedenkt, was im Greetsieler Hafen so alles los ist!«

Abermals gab es in der Aufnahme einen harten Schnitt. »Das hat Elko dem Jungspund erklärt«, sagte der Landschaftsgärtner jetzt. »Der wollte das jedoch nicht gelten lassen und beharrt darauf, unsere schöne Brücke abzureißen und stattdessen eine neue Anlage errichten zu lassen.« Erneut fehlte ein Stück der Aufnahme. »Hat den Alten natürlich in Rage versetzt«, ging es dann übergangslos weiter. »Henrik wollte sich von ihm nicht überzeugen lassen. Ihr Disput wurde immer lauter, sodass ich hier unten jedes Wort verstehen konnte. Schließlich ist Henrik wütend abgedampft.«

»Hatten Sie den Eindruck, dass die beiden sich an die Kehle gehen wollten?«, wurde Steffens Frage eingespielt, während nur ein Standbild des Landschaftsgärtners zu sehen war. Dass Steffen den Mann siezte, von diesem jedoch geduzt wurde, ließ Steffen dem Befragten gegenüber irgendwie überlegen erscheinen.

»Ja«, sagte der Landschaftsgärtner in der nächsten sprunghaften Einstellung, die genauso abrupt wieder endete.

Ruth argwöhnte, dass diese Antwort von Steffen völlig willkürlich aus einer anderen Passage des Films herausgeschnitten und an dieser Stelle eingefügt worden war. Was Steffens Interviewpartner wirklich auf seine Frage geantwortet hatte, wurde nicht gezeigt.

»Dieser Videoclip ist tendenziös«, stellte die Hauptkommissarin missbilligend fest. »Steffen Grotje hat das Material so zusammengeschnitten, dass es genau den Inhalt transportiert, den er rüberbringen will. Er möchte Henrik Looster unbedingt als potenziellen Mörder des alten Schöpfwerkmeisters hinstellen. Aber warum?«

Ruth sah sich nun auch die übrigen Videos an. Zwei weitere Greetsieler Bürger waren von Steffen unter freiem Himmel interviewt worden. Auch diese Filme waren nach Ruths Eindruck extra bearbeitet worden, um eine bestimmte Botschaft zu verbreiten. Die Aufnahmen waren alle am gestrigen Tag entstanden, das konnte Ruth anhand der niedlichen Schäfchenwolken erkennen, die in den Filmen malerisch-verträumt über das Firmament zogen. Dieses markante Wolkenfeld hatte den ganzen gestrigen Tag über den Himmel dominiert. Der eigentlich angekündigte Regen war allerdings ausgeblieben. Steffen musste das Filmmaterial in der Nacht dann aufbereitet und anschließend veröffentlicht haben.

»Begreift er denn nicht, dass er sich durch sein Handeln verdächtig macht?«, murmelte Ruth.

Mehrere Minuten lang saß sie grübelnd da und versuchte sich einen Reim auf das Verhalten dieses Internetbloggers zu machen. Schließlich kam sie zu dem Schluss, dass sie Steffen Grotje dringend auf den Zahn fühlen musste. Auch das Alibi, das seine Freundin ihm verschafft hatte, würden sie auf den Prüfstand stellen müssen, so wie Hagen es bereits vorgeschlagen hatte.

Ruth hielt es in ihrem Büro nun nicht länger aus, und dies nicht nur, weil draußen ein sommerlicher Tag lockte. Sie wollte unbedingt herausfinden, was Steffen Grotje dazu veranlasst hatte, diese manipulativen Videos zu veröffentlichen.

Sie zog das Telefon zu sich heran und wählte Steffens Hausanschluss. Der Anruf wurde jedoch nicht entgegengenommen. Genauso verhielt es sich, als sie Steffens Handy anwählte.

»Ignoriert er die Anrufe von der Greetsieler Polizeiwache etwa absichtlich?«, fragte sie sich. Fest entschlossen, sich nicht ignorieren zu lassen, stand sie auf, um sich auf die Suche nach dem Möchtegern-Influencer zu machen.

*

Ruth öffnete soeben das Schloss ihres E-Bikes, als ein Fahrradfahrer auf den Parkplatz der Wache einschwenkte und direkt auf sie zuhielt. Sie blickte auf und erkannte verblüfft, dass es sich um Steffen Grotje handelte.

»Das trifft sich gut«, sagte sie, als Steffen mit seinem Rad vor ihr stoppte. »Mit Ihnen wollte ich gerade sprechen.«

Steffen lächelte entwaffnend. »Das habe ich mir bereits gedacht. Darum bin ich zu Ihnen gekommen.«

»Sie haben meine Anrufe also tatsächlich absichtlich ignoriert?«

Steffen stieg vom Rad und schob es neben Ruths Bike in die Haltevorrichtung. »Ich konnte gerade nicht rangehen«, behauptete er. »Als ich ein wenig später dann die Nummer sah, beschloss ich, mich direkt auf den Weg zur Polizeiwache zu machen.« Er holte sein Handy hervor und richtete es auf Ruth. »Ich wollte Sie sowieso interviewen. Und dieses schmucke Friesenhaus gibt eine hervorragende Kulisse dafür ab.«

Ruth bedeckte die auf sie gerichtete Kameralinse mit der Hand. »Wenn jemand diese polizeiliche Befragung aufzeichnet, dann bin ich das, verstanden!«, stellte sie richtig.

»Polizeiliche Befragung?«, wiederholte Steffen befremdet und ließ das Handy sinken. »Wie soll ich das verstehen?«

Ruth lächelte frostig. »Es geht um Ihre Videoclips im Internet«, kam sie gleich zur Sache. »Die werfen einige Fragen bezüglich Ihrer Beweggründe auf.« Erzürnt deutete sie auf das Smartphone in Steffens Hand, das noch auf Aufnahme geschaltet war und sie filmte. »Stecken Sie das Gerät weg«, forderte sie ihn auf.

Steffen gehorchte zerknirscht. »Polizisten zu filmen ist nicht verboten«, sagte er.

»Darüber herrscht sogar in Polizeikreisen meist rechtliche Unsicherheit«, gab Ruth sachlich zurück. »Allgemeine Aufzeichnungen sind erlaubt, aber wenn Sie dieses Material verbreiten oder veröffentlichen, könnte dadurch in bestimmten Fällen die Schwelle zur Straftat überschritten werden.«

Steffen hob beschwichtigend die Hände. »Ich werde Sie nicht filmen und auch keine Tonaufzeichnung machen«, beteuerte er. »Sie können mir jedoch nicht verbieten, davon in meinem Blog zu berichten.«

»Warum sind Sie eigentlich so erpicht darauf, Henrik Looster in Ihren Videobeiträgen unbedingt als potenziellen Mörder darzustellen?«, fragte Ruth daraufhin.

Steffen blinzelte indigniert. »Ich stelle lediglich mein Videomaterial der Öffentlichkeit zur Verfügung«, gab er sich unschuldig. »Welche Schlussfolgerung die Zuschauer daraus ziehen, ist allein deren Sache.«

»Ich lasse mich von Ihnen nicht für dumm verkaufen«, erwiderte Ruth. »Und ich sag Ihnen ganz offen und ehrlich: Die Art und Weise Ihrer Darstellung macht Sie in meinen Augen verdächtig.«

»Warum das denn?«, fragte Steffen beunruhigt.

»Es wäre durchaus denkbar, dass Sie den Verdacht, den Schöpfwerkmeister umgebracht zu haben, auf Henrik Looster lenken, um von dem wahren Schuldigen abzulenken.«

»Gibt es außer ihm denn überhaupt einen weiteren Mordverdächtigen?«, wunderte sich Steffen.

»Bis keine eindeutigen Beweise vorliegen, gilt die Unschuldsvermutung«, erwiderte Ruth. »Und so lange ermitteln wir in alle Richtungen.«

»Die da wären?«

Ruth ließ sich auf das Spiel ein. »Zum Beispiel spüren wir den Beweggründen von Personen nach, die vorsätzlich manipulative Gerüchte in die Welt setzen, wie Sie es tun.«

Steffen schluckte trocken. »Ich bin bloß ein gewöhnlicher Influencer«, rechtfertigte er sich. »Mit meinen Videos verdiene ich Geld durch Werbeeinnahmen. Je öfter meine Beiträge angesehen, gelikt oder geteilt werden, desto größer fällt mein Gewinn aus.«

»Warum haben Sie sich ausgerechnet auf Henrik eingeschossen?«, wollte Ruth wissen. »Knut und Wilma aber erwähnen Sie mit keiner Silbe.«

»Weil … weil … die haben ihren Vater bestimmt nicht auf dem Gewissen!« Steffen schüttelte vehement den Kopf. »Sie glauben doch nicht etwa, Elkos Kinder könnten … Das ist undenkbar!«

»Die Kinder des Mordopfers ins Spiel zu bringen, würde Ihnen im Internet gewiss mehr Aufmerksamkeit bescheren, als einen Gehilfen des Schöpfwerkmeisters ins Feld zu führen«, hielt Ruth nüchtern dagegen.

»Das würde ich Wilma niemals antun. Für kein Geld der Welt!«

Plötzlich schwante Ruth, woher der Wind wehte, und sie konnte nicht umhin, feinsinnig zu lächeln. »Wilma also«, sagte sie bloß.

Steffen starrte sie entgeistert an. »Was soll das?«, fragte er erschrocken. »Sie werden Wilma nicht ernsthaft beschuldigen wollen, ihren Vater getötet zu haben!«

»Ich lasse mich lediglich von meinen Eindrücken leiten«, gab Ruth entspannt zurück. Steffens heftige Reaktion bestätigte ihren Eindruck, dass er gewisse zärtliche Gefühle für die Tochter des Schöpfwerkmeisters empfand. Sie hatte Steffen am Haken und wollte ihn noch ein wenig zappeln lassen. »Bei Mordermittlungen spielt das Umfeld des Opfers meist eine entscheidende Rolle«, führte sie aus.

»Was die Angehörigen, Freunde und andere Personen, die sich mit den Hinterbliebenen verbunden fühlen, von sich geben, wie sie reagieren und was sie tun oder eben nicht tun, kann manchmal einen wichtigen Hinweis zur Aufklärung des Verbrechens liefern.«

»Wollen Sie etwa andeuten, meine Internetvideos hätten Wilma in Ihren Augen verdächtig gemacht?«

Ruth zuckte vage mit den Schultern. »Nennen Sie mir einen Grund, der Wilma als potenzielle Mörderin ausschließt«, forderte sie ihn auf.

»Sie … sie …« Steffen fuchtelte aufgebracht mit den Händen. »Wilma ist ein gutherziges, liebenswürdiges Wesen«, ereiferte er sich. »Sie wäre gar nicht in der Lage, jemandem etwas Böses zu wollen. Auf der ganzen Welt kenne ich keinen anderen Menschen, der so … so …«

Ruth lächelte nachsichtig. »Sie klingen wie jemand, der eine heimliche Liebe für eine bestimmte Person hegt«, deutete sie an.

Steffen ließ die Arme sinken, und seine Wangen und seine Stirn röteten sich. »Lassen Sie Wilma aus dem Spiel«, sagte er rau. »Sie ist unschuldig. Das müssen Sie mir glauben!«

»Den Grund für diese Annahme haben Sie mir noch nicht genannt«, blieb Ruth unnachgiebig.

»Sie sind die Kriminalistin«, fuhr Steffen sie an. »Sie müssen doch erkennen, dass Wilma … dass sie nichts mit diesem Vorfall im Pumpenhaus zu tun hat!«

Dass Steffen den Mord an Elko Meming einen Vorfall nannte, irritierte Ruth einen kurzen Moment. »Das wird sich zeigen«, sagte sie kurz angebunden. Sie fand, dass sie den Mann nun genug gequält hatte. Offenbar hegte Steffen Gefühle für Wilma Meming. Wahrscheinlich wurden diese von ihr aber nicht erwidert. Das jedenfalls ließ Henriks Bemerkung vermuten, der angedeutet hatte, Wilma wäre hoffnungslos in ihn verschossen, was bei ihm allerdings auf keine Gegenliebe traf. Dieses emotionale Geflecht barg eine gewisse Tragik, fand Ruth. Steffen liebte Wilma, die wiederum für Henrik zärtliche Gefühle hegte, der ihr jedoch die kalte Schulter zeigte. Weder Steffens noch Wilmas Liebe erfuhren eine Erwiderung; daraus ergab sich eine spannungsgeladene Situation, aus der alles Mögliche erwachsen konnte …

Ruth war ein bisschen erstaunt darüber, was diese Befragung zutage gefördert hatte. Ob diese Information für ihre Ermittlung relevant war, vermochte sie allerdings noch nicht einzuschätzen.

»Sie wirken nachdenklich«, bemerkte Steffen. »Ich hoffe, weil Sie erkannt haben, dass Wilma mit dieser Sache nichts zu tun hat!«

»Sie haben selbst gemeint, dass es Sache des Betrachters Ihrer Videos ist, welche Schlüsse er daraus zieht. Und genau so verhält es sich auch bei mir.«

Steffen presste unzufrieden die Lippen aufeinander. »Gibt es noch etwas, was Sie mich fragen wollen?«, brachte er zerknirscht hervor. »Denn wenn nicht, würde ich jetzt gerne meiner Wege ziehen.«

Ruth lächelte unverbindlich. »Wir melden uns bei Ihnen, falls bezüglich Ihrer Videos weitere Fragen auftauchen. Fürs Erste war's das jetzt aber. Sie können gehen.«

Steffen riss sein Fahrrad aus der Halterung und schwang sich auf den Sattel. »Verbeißen Sie sich bloß nicht in diese Angelegenheit«, sagte er verstimmt. »Es gibt auch Mordfälle, die nicht aufgeklärt werden können. Und das ist noch immer besser, als einen Unschuldigen dafür büßen zu lassen!« Er stieß sich ab und radelte mit kraftvollen, fast schon zornig anmutenden Tritten davon. Wenig später war er in der Menge der Feriengäste untergetaucht.

Ruth verweilte noch einen Moment in Gedanken versunken. Dann entschied sie, dass sie in diesem Mordfall heute nichts mehr würde ausrichten können. Stattdessen wollte sie die verbliebene Zeit nutzen, das zu tun, was auch die Besucher von Greetsiel taten: entspannt herumschlendern und die Idylle dieses malerischen Fischerdorfes genießen.

Kapitel 6

Erneut erwachte Ruth mit dem Duft frisch gebrauten Kaffees in der Nase aus morgendlichem Schlummer. Aus der Küche schallte lautes Hantieren ins Schlafzimmer, und der Sonnenschein zauberte ein helles, warmes Rechteck auf das Bett der Hauptkommissarin. Wie es schien, würde auch heute das angekündigte Regenwetter auf sich warten lassen, denn am Himmel zeigten sich nur einige wenige Wolken.

»Clarissa«, murmelte Ruth, die diesmal nicht lange überlegen musste, wer den Kaffee gebraut hatte und wer in der Küche so emsig beschäftigt war. Gut gelaunt stand sie auf und nahm ein entspanntes Duschbad.

Für den bevorstehenden Arbeitstag in der Greetsieler Polizeiwache praktisch gekleidet, erschien Ruth wenig später in der Küche. Clarissa saß am gedeckten Tisch und winkte ihrer Mutter unbeschwert zu.

»Ich habe auf dem Weg hierher frische Brötchen mitgebracht«, verkündete sie. Diesmal machte sie keinen Hehl daraus, dass sie die Nacht woanders verbracht hatte. Allerdings war sie heute nicht deshalb so früh schon auf den Beinen, um rechtzeitig im Deichhaus einzutreffen, ehe Ruth erwachen und Lunte riechen konnte, sondern weil Henrik Looster früh hatte aufstehen müssen, um im Greetsieler Schöpfwerk nach dem Rechten zu sehen. All dies wehte Ruth durch den Kopf, während sie ihrer Tochter gegenüber Platz nahm.

»Gut geschlafen?«, fragte Clarissa und schnitt ein Brötchen auf.

Ruth nickte und verkniff es sich, ihre Tochter dasselbe zu fragen. Sie wollte lieber nicht zu genau wissen, was Clarissa in den vergangenen Stunden getan hatte.

»Meine Nacht war unruhig«, sagte Clarissa dessen ungeachtet. Sie seufzte. »Henrik beschäftigt der Mord an Elko sehr. Diese Sache belastet ihn ungemein.«

»Das kann ich mir denken«, erwiderte Ruth beiläufig.

Clarissa musterte sie über den Tisch hinweg. »Wir haben uns diese Videos angesehen, die Steffen Grotje im Internet verbreitet. Der glaubt offenbar, dass Henrik der Täter ist. Jedenfalls ist er auffällig darum bemüht, seinen Followern dies glauben zu machen.«

»Ich habe Herrn Grotje deshalb schon zur Rede gestellt«, erwiderte Ruth. »Und ich denke, er wird in Zukunft beim Produzieren seiner Filmchen ein bisschen umsichtiger sein.«

»Du glaubst ihm also nicht?«

Ruth zog skeptisch eine Augenbraue in die Stirn. »Du willst mich jetzt nicht allen Ernstes fragen, ob ich mich von den Videos eines selbst ernannten Influencers in meinem Urteilsvermögen beeinflussen lasse?«

»Nein, selbstverständlich nicht!« Clarissa pulte das Weiche aus der Brötchenhälfte und stopfte es sich in den Mund. »Aber Henrik befürchtet das natürlich«, sagte sie dann kauend.

»Es kann vielleicht gar nicht schaden, wenn Henrik ein wenig nervös gemacht wird. Das ist der Wahrheitsfindung oft zuträglich.«

Clarissa sah ihre Mutter empört an. »Henrik hat mit diesem Mord nichts zu tun!«

Ruth seufzte tief. »Es behagt mir nicht, dass du in meine Mordermittlungen involviert bist. Das sollte nicht sein!«

»Ist jetzt aber nicht mehr zu ändern.« Clarissa schaute ernst. »Ich war schon mit Henrik zusammen, bevor sich dieser bedauerliche Mord ereignet hat.«

Ruth nickte. »Dennoch werde ich dich an meinen Ermittlungen nicht teilhaben lassen.«

»Warum denn nicht?«, begehrte Clarissa auf. »Womöglich kann ich Entscheidendes zur Aufklärung dieses Verbrechens beitragen.«

Um Geduld bemüht, nippte Ruth an ihrem Kaffee und hoffte, ihre inneren Wogen dadurch ein wenig zu glätten. »Ich würde es bevorzugen, wenn wir das Thema wechseln«, sagte sie.

»Henrik und ich haben stundenlang überlegt, wer Elko das angetan haben könnte«, sagte Clarissa unverdrossen. »Und weißt du, auf wen wir schließlich gekommen sind?«

»Ich fürchte, du wirst es mir gleich sagen.«

»Wilma!«, rief Clarissa leidenschaftlich. »Sie ist die Einzige, die wirklich einen tiefgreifenden Konflikt mit ihrem Vater hatte!«

»Und wie soll der ausgesehen haben?«, fragte Ruth, da sie wusste, dass ihre Tochter sowieso keine Ruhe geben würde.

»Wilma … sie ist unsterblich in Henrik verliebt.« Es bereitete Clarissa sichtbar Überwindung, dies zu sagen. »Sie hat unmögliche Dinge getan, um Henrik nahe zu sein.« Sie schüttelte den Kopf. »Es ist unglaublich, was Henrik mir über Wilma alles erzählt hat und was sie angestellt hat.«

»Ich bin darüber bereits im Bilde«, wehrte Ruth ab. »Und ich weiß auch, dass Henrik Wilmas Gefühle nicht erwidert.«

»Weißt du denn auch warum?« Clarissa ließ ihre Mutter nicht zu Wort kommen. »Weil Henrik sich mit Wilmas Vater nicht gut verstand. Sie hatten grundlegende Meinungsverschiedenheiten, das Schöpfwerk betreffend, und …«

»Und Henrik wollte nicht, dass Wilma zwischen die Fronten von zwei Personen gerät, die sie beide liebt. Darum hat Henrik sie zurückgewiesen«, vervollständigte Ruth.

Clarissa war von ihrer Mutter offenbar aus dem Konzept gebracht worden, denn einen Moment lang wusste sie nicht, was sie sagen sollte. »Elko stand zwischen Wilma und Henrik«, sagte sie schließlich. »Er war der Grund, warum Henrik nicht mit Wilma zusammen sein wollte. Und darum musste er beseitigt werden. Wilma hat ihren Vater getötet, damit Henrik keinen Grund mehr hat, sie zurückzuweisen!«

Ruth legte die Hände auf den Tisch. »Eine interessante Theorie«, sagte sie zurückhaltend.

»Du musst dieser Sache auf den Grund gehen!«, drängte Clarissa. »Wilma, sie könnte …«

Ruth schüttelte den Kopf.

»Was ist?«, fragte Clarissa gereizt. »Glaubst du etwa, an dieser Sache wäre nichts dran?«

»Da sind ein paar Dinge, die für mich nicht zusammenpassen«, erwiderte Ruth, obwohl es ihr widerstrebte, ihrer Tochter nun doch Einblick in ihre Ermittlungen zu gewähren.

»Die da wären?«

»Der Grund, warum Henrik Wilmas Liebe nicht erwidern wollte.«

»Weil sie sich nicht zwischen den Fronten von zwei Menschen aufreiben sollte, die sie liebt«, wiederholte Clarissa wortwörtlich, was ihre Mutter zuvor gesagt hatte.

Ruth nickte. »Henrik muss Wilma aber völlig falsch eingeschätzt haben, wenn er davon ausging, dass sie ihren Vater mindestens genauso sehr lieben würde wie ihn. Denn wenn dies der Fall gewesen wäre, wie hätte Wilma ihren Vater dann kaltblütig umbringen können?«

Clarissa starrte nachdenklich auf den Frühstückstisch. »Dann ist es eben so«, sagte sie mit gedämpfter Stimme. »Henrik hat Wilma falsch eingeschätzt. Na und?«

»Und wann ist ihm diese Erkenntnis gekommen?«

Clarissa blickte zu ihrer Mutter auf. »Gar nicht«, sagte sie kleinlaut. »Jedenfalls hat er mir davon nichts erzählt.«

»Und trotzdem entwickelt er gemeinsam mit dir eine Theorie, die Wilma als eine Person hinstellt, die ihren Vater so sehr hasst, dass sie ihn ohne Skrupel tötet?«

Clarissa verzog unglücklich den Mund. »Henrik war also unehrlich«, erkannte sie.

Ruth nickte. »Entweder war er Wilma gegenüber unaufrichtig, als er ihr den Grund nannte, warum er nicht mit ihr zusammen sein konnte …«

Clarissa wurde bleich im Gesicht. »Oder er hat mich gestern Nacht darauf getrimmt, dir heute Morgen eine potenzielle Verdächtige zu präsentieren.«

»Was die Vermutung nahelegt, dass er dies womöglich deshalb getan hat, um den Verdacht von sich abzulenken.«

Clarissa schlug die Hände vors Gesicht und stieß einen lauten Seufzer aus. »Ich beneide dich manchmal wirklich nicht um deinen Beruf als Hauptkommissarin«, sagte sie, während sie die Hände sinken ließ. Sie tippte mit dem Finger an ihre Stirn. »Was da alles für Gedanken durch deinen Kopf schwirren. Welche Fragen du dir stellst und welche Rückschlüsse du ziehst. Das ist beängstigend.«

Ruth lächelte liebevoll. »Das ist genau das, was mich an meinem Beruf fasziniert«, erwiderte sie. »Zu kombinieren, Dinge auszuschließen, bis nur noch eine der zahlreichen Varianten übrigbleibt.« Sie streckte den Arm über den Tisch aus und ergriff Clarissas Hand. »Sei vorsichtig, mein Schatz. *Ich* möchte nämlich wirklich nicht, dass du zwischen die Fronten gerätst und dabei Schaden nimmst, wie es schon einmal fast geschehen wäre.«

Clarissa nickte einsichtig. »Ich werde aufpassen. Versprochen!«

Ruth stand auf.

»Du willst schon gehen?«, fragte Clarissa enttäuscht. »Kann die Arbeit denn nicht noch ein wenig warten?«

Ruth lächelte schmal. »Mein Arbeitstag hatte bereits begonnen, als ich zu dir in die Küche gekommen bin.«

Clarissa schlug schuldbewusst die Augen nieder. »Ich werde das wiedergutmachen«, versprach sie.

»Darauf freue ich mich jetzt schon!« Ruth ging um den Tisch herum, drückte ihre Tochter einmal herzlich an sich, küsste ihre Stirn und wandte sich zum Gehen. »Mach dir einen schönen Tag«, rief sie über die Schulter zurück. »Eigentlich sollte es Regen geben. Genieße also die Zeit, in der die Wetterfrösche sich geirrt haben!«

*

In Gedanken versunken betrat Ruth die Greetsieler Polizeiwache. Hagen und Alice standen hinter dem Empfangstresen, den Blick auf den Computerbildschirm der Streifenpolizistin gerichtet. Ihre Mienen wirkten betreten, als sie sich der Hauptkommissarin zuwandten.

Ruth furchte die Stirn. »Welche Laus ist Ihnen denn über die Leber gelaufen?«, erkundigte sie sich.

»Eine Laus mit Namen Steffen Grotje«, erwiderte Hagen und winkte seine Chefin herbei. »Das müssen Sie sich unbedingt ansehen!«

Alice schüttelte missbilligend den Kopf. »Es ist eine Frechheit, was dieser Bursche sich rausnimmt.«

Ruth schob sich durch den hochgeklappten Durchlass des Tresens und stellte sich neben ihre Kollegen.

»Diesen Blogbeitrag hat Herr Grotje heute Morgen um drei Uhr ins Netz gestellt«, erläuterte Hagen. »Der Beitrag ist bereits mehrere Hundert Mal aufgerufen und kommentiert worden.«

Ruth schwante nichts Gutes, als sie einen Blick auf den Bildschirm warf. Die Textblöcke wechselten sich mit Fenstern ab, in denen Werbevideos gezeigt wurden. »Erzählen Sie mir, worum es geht«, forderte sie ihren Partner auf. »Ich verspüre nicht die geringste Lust, mich durch diesen Wust aus Sätzen und Reklamefilmen zu kämpfen.«

Hagen atmete einmal tief durch. »Es geht um Sie und um Clarissa«, kam er der Aufforderung zögernd nach. »Steffen wirft Ihnen unverblümt vor, die Ermittlungen im Mordfall Elko Meming nicht unvoreingenommen durchzuführen. Er hält Sie für befangen.«

Ruth ahnte, womit Steffen seine Anschuldigung begründete. »Und wie kommt er darauf?«, fragte sie trotzdem.

Alice schob den Zeigefinger über das Mousepad, bis auf dem Bildschirm ein Foto erschien. Es zeigte Clarissa, die gemeinsam mit Henrik Looster an einem Restauranttisch saß und speiste.

»Ich habe nicht mitgekriegt, dass Ihre Tochter an diesem Abend von Steffen heimlich fotografiert wurde«, sagte Hagen zerknirscht. »Er muss draußen durch das Fenster des Restaurants geknipst haben.«

Ruth nahm die Entschuldigung ihres Partners mit ernstem Kopfnicken zur Kenntnis.

»Dieses Foto soll beweisen, dass Clarissa und Henrik eine Liebesbeziehung haben«, erläuterte Alice. »Und um die Gefühle Ihrer Tochter nicht zu verletzen, halten Sie ihren Geliebten angeblich aus den Mordermittlungen raus.«

»Dabei lässt Steffen in dem Text keinen Zweifel daran aufkommen, wen er für den Mörder des Schöpfwerkmeisters hält«, fügte Hagen hinzu.

»Henrik Looster«, sagte Ruth.

Alice schüttelte empört den Kopf. »Haben wir es hier nicht mit Verleumdung zu tun?«, fragte sie aufgebracht. »Irgendetwas müssen wir doch gegen diese Frechheiten unternehmen können!«

»Das halte ich für nicht ratsam«, erwiderte Ruth. »Wenn wir versuchen, gegen diesen Blogeintrag polizeilich vorzugehen, würde das bedeuten, Wasser auf Steffens Mühle zu gießen.«

»Er stellt Ihre Integrität infrage«, gab Hagen zu bedenken.

Ruth zuckte gleichmütig mit den Schultern. »Mit derartigen Anfeindungen muss eine Hauptkommissarin zurechtkommen.«

Hagen musterte seine Chefin eindringlich. »Denken Sie denn, Steffens Mutmaßungen wären berechtigt?«, fragte er zurückhaltend. »Sie wirken so grüblerisch.«

Ruth bedachte ihn mit einem kleinen Lächeln. »Sie kennen mich inzwischen ganz gut, nicht wahr? Es stimmt. Dieser Blog gibt mir tatsächlich zu denken.«

Alice machte ein bestürztes Gesicht. »Halten Sie sich etwa für befangen?«, fragte sie irritiert.

Erneut zuckte Ruth mit den Schultern. »Gut möglich, dass ich es bin.« Überlegend berührte sie mit dem Zeigefinger ihre Lippen. »Anscheinend gibt es zwei Parteien, die versuchen, auf mich und unsere Ermittlungsarbeit Einfluss auszuüben.« Sie deutete mit einem Kopfnicken auf den Bildschirm. »Auf der einen Seite haben wir Steffen Grotje und auf der anderen Henrik Looster.«

»Dass Steffen uns zu beeinflussen versucht, ist klar«, sagte Hagen. »Aber die Sache mit Henrik müssen Sie mir erst noch erklären.«

Ruth berichtete daraufhin von ihrem Frühstücksgespräch mit Clarissa. »Henrik versucht, Wilma als Tatverdächtige ins Spiel zu bringen«, schloss sie. »Mit nicht ganz schlüssigen Argumenten, wie ich anmerken möchte.«

»Henrik versucht Ihrer Meinung nach also, Sie zu manipulieren?« Alice zog angestrengt die Augenbrauen zusammen. »Er treibt also ein falsches Spiel.« Enttäuschung schwang in ihrer Stimme mit, denn offenbar hatte sie Sympathie für diesen jungen Ostfriesen empfunden.

»Davon müssen wir jetzt wohl ausgehen«, bestätigte Ruth.

»Wenn das wirklich stimmt, hängt er in diesem Mord irgendwie mit drin«, stellte Hagen fest.

»Auf jeden Fall müssen wir ihn zu den Verdächtigen zählen«, bekräftigte Ruth.

Hagen rieb sich nachdenklich das Kinn. »Wie Sie uns erzählt haben, hat Ihre Tochter Henrik bereits einige Tage vor der Ermordung von Elko Meming kennengelernt«, wandte er ein. »Und jetzt benutzt er Clarissa, um Einfluss auf unsere Ermittlungen auszuüben. Er nutzt also eine zufällige Bekanntschaft, um den Verdacht von sich abzulenken? Das erscheint mir irgendwie nicht schlüssig.«

Ruth nickte. »Darüber habe ich mir auf dem Weg hierher auch den Kopf zerbrochen. Und wissen Sie, zu welcher Schlussfolgerung ich gekommen bin?«

Hagen verschränkte die Arme. »Lassen Sie hören«, sagte er interessiert.

»Sollte Henrik Looster Elko Meming tatsächlich getötet haben, wird er dieses Verbrechen im Voraus gründlich geplant haben. Womöglich wartete er nur auf eine günstige Gelegenheit. Und die bot sich ihm, als er in der Zeitung las, dass sich Clarissa Fasan in Greetsiel aufhält, um bei ihrer Mutter, der Hauptkommissarin von Greetsiel, die Ferien zu verbringen.«

»Er hat das zufällige Zusammentreffen mit Clarissa also absichtlich herbeigeführt?« Alice blies die Wangen auf und ließ hörbar Luft entweichen. »Ganz schön durchtrieben.«

»Das sind natürlich alles nur Mutmaßungen, die sich aus den uns vorliegenden Informationen ergeben haben«, gab Ruth zu bedenken. »Dennoch müssen wir ihnen auf den Grund gehen.«

»Denn wir lassen uns nicht in eine Richtung drängen«, setzte Hagen energisch hinzu.

Alice sah ihre Kollegen zweifelnd an. »Ganz ehrlich?«, sagte sie. »Sie sehen in meinen Augen derzeit nicht aus wie Kriminalisten, die sich nicht getrieben fühlen.«

Ruth verzog einen Mundwinkel. »Wir müssen nun einmal tun, was uns nötig erscheint. Das gebietet uns die Sorgfaltspflicht.«

Hagen trat ungeduldig von einem Fuß auf den anderen. »Und was werden wir als Nächstes tun?«

»Zuerst stellen wir Henrik Looster zur Rede«, bestimmte Ruth. »Anschließend werden wir Steffen Grotjes Alibi noch einmal abklopfen.« Ruth zuckte mit den Schultern. »Und Wilma Meming müssen wir wohl auch einen Besuch abstatten.«

»Klingt nach einem vollen Programm«, sagte Alice.

»Und wo finden wir Henrik Looster?«, fragte Hagen.

»Im Greetsieler Schöpfwerk«, antwortete Ruth. »Er wurde wegen Elko Memings Ableben dort zum Dienst eingeteilt.«

»Dann sitzt er ja genau dort, wo er hinwollte«, erkannte Hagen. »Als Nächstes wird er womöglich die Erneuerung der Siele in die Wege leiten, wie er es immer durchzusetzen versucht hatte.«

*

Henrik Looster hatte das Pumpenhaus abgesperrt und erschien erst an der Tür, als die Kriminalisten entnervt Sturm klingelten.

»Ah, Sie sind es«, sagte Henrik, während er die Tür öffnete. »Entschuldigen Sie mein Zögern. Es läuten hier ständig Touristen, die eine Führung durch das Schöpfwerk gebucht haben und von dem Veranstalter nicht informiert wurden, dass dieses Event wegen der besonderen Umstände ersatzlos gestrichen wurde.« Er machte den Weg frei und deutete einladend in die Halle mit den drei grünen zylinderförmigen Pumpen darin. Es herrschte eine sakrale Stille, denn die Maschinen arbeiteten nicht. »Was kann ich denn für Sie tun?«, erkundigte er sich zuvorkommend.

»Was glauben Sie denn, warum wir hier sind?«, stellte Hagen eine Gegenfrage.

Henrik zuckte verlegen mit einer Schulter. »Vielleicht möchten Sie mit mir über Wilma sprechen?«, mutmaßte er.

»Haben Sie im Schöpfwerk momentan eigentlich viel zu tun?«, fragte Ruth unverfänglich.

Henrik sah sie irritiert an. Mit dieser abweichenden Frage hatte er offenkundig nicht gerechnet. »Hier läuft zurzeit alles auf Sparflamme«, ging er zögernd auf die Hauptkommissarin ein. »Im Grunde langweile ich mich sogar ein wenig.«

»Wir haben gerade Ebbe«, zeigte sich Ruth gut informiert. »Der Wasserstand der Nordsee ist also niedriger als im Krabbenkutterhafen. Wird denn trotzdem nicht gesielt?«

Henrik wirkte plötzlich wie aufgeweckt. »Nee«, sagte er auskunftsfreudig. »Es hat lange nicht geregnet. Darum hat sich im Binnenland kaum Wasser angesammelt, das abgelassen werden müsste. Wir warten damit noch, bis der Regen einsetzt.«

»Wir?«, hakte Ruth interessiert nach.

Henrik deutete auf die Tür, die zur Steueranlage führte. »Das Öffnen der Tore muss mit dem Schleusenteam Leysiel koordiniert werden, um den Abfluss ins Meer zu gewährleisten«, erläuterte er. »Die Kollegen dort befürchten, dass der Wasserspiegel im Hafen bedenklich sinken könnte, wenn jetzt gesielt würde. Darum unterlassen wir das vorerst.«

»Es ist momentan also eher zu wenig als zu viel Wasser vorhanden«, stellte Ruth fest. »Dabei warnen Sie doch ständig, Greetsiel könnte absaufen, wenn die Siele nicht modernisiert werden.«

»Extreme Trockenheit ist ebenso wie Überflutung eine Folge des Klimawandels«, erläuterte Henrik geduldig. »In beiden Fällen erscheint es mir geboten, das Schöpfwerk insgesamt zu modernisieren.« Er zeigte auf die schweigenden Pumpen. »Diese Anlage läuft halbautomatisch. Um eine Katastrophe zu verhindern, müssten die Prozesse vollautomatisch ablaufen. Das verringert die Folgen von Fehleinschätzungen des Personals, wie sie jetzt durchaus noch gegeben sind, wenn Sie mich fragen. Computergestützte Prognosen und die automatische Erfassung der Messstände garantieren hingegen, dass rechtzeitig gegengesteuert werden kann.«

»Wie stehen denn jetzt die Chancen, dass Ihre Erneuerungsvorschläge umgesetzt werden?«, wollte Hagen wissen.

Henriks Miene verfinsterte sich. »Das weiß ich nicht … sicherlich besser als zuvor, als Elko noch …« Unbehaglich winkte er ab. »Darüber mag ich jetzt gar nicht nachdenken.«

»Stattdessen zerbrechen Sie sich den Kopf darüber, wer den Schöpfwerkmeister umgebracht haben könnte«, leitete Ruth zum eigentlichen Grund ihres Besuchs über.

Henrik wiegte abwägend den Kopf. »Das tun Sie doch auch, oder?«

»Sie trauen Wilma also tatsächlich zu, ihren Vater ermordet zu haben?«, fragte Ruth geradeheraus.

»Mir fällt sonst niemand anderes ein, der es getan haben könnte«, sagte Henrik aalglatt.

»*Sie* könnten es gewesen sein«, gab Hagen nicht weniger ausgefuchst zurück.

Henrik lächelte frostig. »Da ich weiß, dass ich Elko nicht getötet habe, erscheint mir Wilma am verdächtigsten.«

»Für diese Annahme gibt es keinerlei Beweise«, gab Ruth zu bedenken.

»Wilma hat für die Tatzeit kein Alibi«, rief Henrik der Hauptkommissarin in Erinnerung.

»Das trifft auf Sie ebenfalls zu.«

Henrik schnaufte aufgebracht. »Aber Wilma hatte ein Motiv. Das wird Clarissa Ihnen doch erzählt haben!«

»Das hat sie in der Tat«, bestätigte Ruth. »Wilmas Mordabsichten erscheinen mir jedoch nicht ganz schlüssig.«

»Warum?«

»Wenn sie ihren Vater wirklich abgrundtief gehasst und deshalb getötet hat, weil er für Sie, Henrik, ein Hinderungsgrund gewesen ist, mit ihr eine Beziehung zu führen, dann hätte kaum die Gefahr bestanden, dass sie sich zwischen Ihnen und Elko aufgerieben hätte. Sie hätte sich emotional für Sie und gegen ihren Vater entschieden. Einen Zwiespalt, wie Sie ihn befürchtet haben, hätte es gar nicht gegeben.«

Henrik fuhr sich mit den Fingern nervös durchs Haar. »Wilma hat jedoch fest daran geglaubt, dass ich sie wegen ihres Vaters nicht wollte!«, sagte er kleinlaut.

Ruth nickte wissend. »Doch das war gar nicht der wahre Grund für Ihre Ablehnung, nicht wahr?«, dämmerte es ihr.

»Nein, war es nicht«, gab Henrik gequält zu. »Ich empfinde nichts für Wilma. Aber das … das wollte ich ihr nicht ins Gesicht sagen.«

Hagen schnalzte mit der Zunge. »Sie waren also zu feige, Wilma Ihre wahren Gefühle zu offenbaren. Darum haben Sie ihren Vater ins Feld geführt und falsche Rücksichtnahme geheuchelt?«

»Wenn Sie es denn so ausdrücken wollen – ja!«, schnappte Henrik angriffslustig. »Ich wollte Wilmas Gefühle nicht verletzen. Ich wusste ja, wie sehr sie mich wollte. Darum …«

»Hat Wilma Ihnen denn nie gesagt, dass Sie ihr viel wichtiger sind als ihr Vater?«, fragte Ruth.

Henrik schüttelte den Kopf.

»Für Wilma hätte dieser Konflikt also tatsächlich bestanden«, schlussfolgerte Ruth. »Die Liebe für ihren Vater war der, die sie für Sie empfindet, ebenbürtig.«

»Das kann nicht sein!«, begehrte Henrik auf. »Sie muss Elko heimlich gehasst haben. Und dieser Hass hat sich dann in einem Mord entladen!«

»Was ist mit Ihrem Motiv?«, fragte Hagen und deutete provozierend um sich. »Sie profitieren vom Tod des Schöpfwerkmeisters ganz offensichtlich.«

»Ich habe Elko nicht getötet!«, rief Henrik aufgebracht. »Ich werde vielleicht seine Stelle als Schöpfwerkmeister bekommen, wenn ich mich bewähre. Aber ob ich meine Modernisierungspläne wirklich durchsetzen kann, liegt nicht zuletzt auch im Entscheidungsbereich des Ersten Entwässerungsverbandes Emden. Dort gibt es einige, die ähnlich denken wie Elko Meming. Die müsste ich auch alle noch umbringen, um mein Ziel zu erreichen. Doch so einer bin ich nicht, verstehen Sie!«

Ruth hob beschwichtigend die Hände. »Beruhigen Sie sich. Sie verbessern Ihre Situation nicht, indem Sie hier rumschreien.«

»Ich kann nicht fassen, dass Sie mich wirklich eines Mordes für fähig halten!«, fuhr Henrik sie an. »Glauben Sie denn, Ihre Tochter könnte sich in einen Mörder verlieben, dass Clarissa nicht spüren würde, was wirklich in mir steckt?«

»Das vermag ich nicht zu beurteilen«, erwiderte Ruth unterkühlt. »Außerdem spielt es für unsere Ermittlungen keine Rolle, was meine Tochter für Sie empfindet.«

»Vielleicht sollte es das aber«, erwiderte Henrik aufgewühlt. »Dann würden Sie nämlich keine Zeit mit mir verschwenden, sondern den wahren Mörder von Elko Meming ins Visier nehmen!«

»Aus welchem Grund sollte Wilma ihren Vater denn ausgerechnet jetzt getötet haben?«, warf Hagen eine Frage ein. »Warum hat sie es in den Jahren zuvor nicht längst getan?«

Henrik furchte ungehalten die Stirn. »Woher soll ich das denn wissen? Es ist Ihre Aufgabe, das herauszufinden!«

»Wenn Sie sich gemeinsam mit Clarissa so viele Gedanken über Wilma als Täterin gemacht haben, warum haben Sie dann diesen Aspekt außen vor gelassen?«, setzte Hagen nach.

»Ich bin kein Kriminalist!«, erwiderte Henrik unwirsch. »Ich kann nicht alles bedenken!«

Ruth schüttelte unzufrieden den Kopf. »Wir haben vorerst keine weiteren Fragen an Sie«, verkündete sie. »Scheuen Sie sich aber nicht, es uns wissen zu lassen, wenn Ihnen noch etwas Sachdienliches einfällt.« Sie lächelte unverbindlich. »Doch sagen Sie es uns diesmal direkt und nicht über den Umweg meiner Tochter.«

Ruth bedeutete Hagen, ihr zu folgen. Als hielte sie es im Pumpenhaus plötzlich nicht mehr aus, eilte sie mit großen Schritten auf den Ausgang zu.

»Was ist mit Ihnen?«, fragte Hagen mit gedämpfter Stimme, nachdem sie das Gebäude verlassen hatten.

Ruth gab einen unwilligen Laut von sich. »Ich weiß auch nicht. Irgendwie habe ich den Eindruck, dass uns alles durch die Hände gleitet. Wir kriegen nichts wirklich zu packen.« Sie sah ihren Partner fragend an. »Oder sehen Sie irgendwo einen Ansatzpunkt, der uns bei diesen Ermittlungen voranbringen könnte?«

Hagen zuckte unbestimmt mit den Schultern. Daraufhin verließen sie das Grundstück des Schöpfwerkes und erklommen die Deichkrone, von der sich der Yachthafen überblicken ließ. Wolken hatten sich zusammengebraut; vereinzelte Sonnenstrahlen fluteten durch die wenigen Lücken am Himmel und warfen gleißende Lichtflecken auf das Hafenwasser.

»Ich bin mit den Motiven von Henrik und Wilma nicht zufrieden«, sagte Hagen nachdenklich. »Sind ihre mutmaßlichen Beweggründe wirklich stark genug, um sie zu einem Mord zu treiben?«

»Womöglich suchen wir an der falschen Stelle nach dem Mörder?«, überlegte Ruth laut.

»Es ist ja nicht so, als hätten wir eine große Auswahl an Verdächtigen«, hielt Hagen dagegen. »Da wäre noch Knut Meming und eventuell käme auch Steffen Grotje als Täter infrage«, zählte er auf.

»Ob Knut überhaupt ein Motiv gehabt haben könnte, seinen Vater zu töten, wissen wir nicht. Und ob Steffen einen Mord begehen könnte, nur um mit seinen Internetaktivitäten mehr Geld zu verdienen, dieser Frage sind wir noch gar nicht nachgegangen.«

»Es bleibt uns vorerst also nichts anderes übrig, als dem roten Faden zu folgen, der uns vor die Füße gelegt wurde«, fasste Ruth zusammen. Sie ließ den Blick nachdenklich über den Yachthafen schweifen.

»Und wo sollte dieser rote Faden uns hinführen?«, fragte Hagen. »Zu Wilma etwa?«

Ruth nickte bestätigend und wandte sich dann dem Wohnhaus der Memings zu, das im Schatten der Bäume lag. »Wir haben keine andere Wahl.«

*

Wie sich zeigte, waren die Geschwister nicht zu Hause. Nach einigen Handytelefonaten fand Hagen schließlich heraus, wo sich Wilma und Knut derzeit aufhielten. Wilma, die eine Ausbildung als Bankkauffrau machte, hatte wegen des Todesfalls in der Familie eine Woche frei bekommen, und Knut, der eine Schlosserlehre absolvierte, ebenfalls. Beide befanden sich im Bestattungsinstitut Raabe, um die Beerdigung ihres Vaters zu regeln. Das kleine Unternehmen hatte seinen Sitz in der Kleinbahnstraße, in unmittelbarer Nähe des neuen Greetsieler Friedhofs. Genau dort wollten die Geschwister auf die Kriminalisten warten. Denn obwohl sie mit den traurigen Vorbereitungen der Beisetzung beschäftigt waren, zeigten sie sich sofort bereit, mit den Kommissaren zu sprechen, als Hagen sie telefonisch endlich erreicht hatte.

Wilma und Knut waren in Schwarz gekleidet und hatten Schutz im Schatten der Bäume gesucht, die links und rechts des Friedhofseingangs wuchsen. Sie sprachen mit einem hochgewachsenen, schlanken Mann, der in einen schwarzen Anzug gekleidet war und auf dessen Halbglatze sich das Sonnenlicht spiegelte. Die gepflegte Friedhofsanlage mit den unterschiedlichen Grabsteinen, die aus dem gestutzten Rasen und den Blumenrabatten ragten, war gesäumt von dichtstehenden Bäumen. Diese grüne Wehr verwandelte diesen Ort inmitten des belebten Fischerdorfes in eine abgeschiedene Oase der Andacht und Beschaulichkeit.

Als Hagen den zivilen Einsatzwagen vor dem Friedhof parkte, verschwand die Sonne hinter den Wolken und die Szene, die eben noch unbeschwert und malerisch gewirkt hatte, erschien plötzlich trist und prosaisch.

Ruth und Hagen stiegen aus, woraufhin sich der Mann im Anzug von den Geschwistern per Handschlag verabschiedete. Er winkte den Kriminalisten lax zu und stapfte mit seltsamen, storchartigen Schritten davon.

»Das ist Janek Raabe, der Bestatter«, flüsterte Hagen seiner Chefin zu. »Er ist ein bisschen seltsam, macht aber offenbar einen guten Job.«

Ruth nickte. Sie war Janek Raabe schon einige Male begegnet, wenn es darum gegangen war, Leichen nach Emden in die Forensik zu transportieren. Allerdings hatte sie noch nie ein Wort mit diesem Mann gewechselt. Dies hatte der Rechtsmediziner Frank Fixlmillner gewöhnlich übernommen.

Die Geschwister sahen den Kriminalisten erwartungsvoll entgegen, als sie zu ihnen unter den Baum traten. »Und?«, fragte Knut ungeduldig. »Haben Sie Henrik Looster endlich verhaftet?«

»Wir würden es sofort tun, wenn wir überzeugt wären, dass er Ihren Vater ermordet hat«, antwortete Ruth.

Knuts Miene verfinsterte sich augenblicklich. »Dieser Kerl macht sich seelenruhig im Greetsieler Schöpfwerk breit!«, ereiferte er sich. »Was glauben Sie, wie Wilma und ich uns dabei fühlen, den Mörder unseres geliebten Vaters in unserer Nähe zu wissen, an einem Ort, der Elko in seinem Leben am teuersten gewesen war?«

Wilma legte ihrem Bruder beruhigend eine Hand auf den Unterarm. »Lass Henrik bitte aus dem Spiel.«

Unbeherrscht schüttelte Knut ihre Hand ab.

»Wir tun unser Bestes, diesen Mord so schnell wie möglich aufzuklären«, versicherte Hagen.

»Und was haben Sie dann hier zu suchen, wenn Sie uns gar nicht mitzuteilen haben, dass Sie den Mörder endlich eingesperrt haben?«, schimpfte Knut.

Ruth wandte sich Wilma zu. »Wir müssen Ihnen ein paar Fragen stellen«, eröffnete sie ihr.

Wilma riss erstaunt die Augen auf und legte eine Hand auf ihre Brust. »Was wollen Sie denn von mir wissen?«

»Wir müssen mit Ihnen ein paar Dinge abklären, die uns beschäftigen«, erwiderte Ruth vage, um eine gewisse Grundstimmung herbeizuführen.

»Was soll das denn?«, ereiferte sich Knut.

»Lass sie doch erst einmal ausreden«, forderte Wilma. Den Falten auf ihrer Stirn war allerdings anzusehen, dass ihr Ruths Anliegen auch nicht ganz geheuer vorkam.

»Es geht um Ihre Beziehung zu Ihrem Vater«, erläuterte Ruth.

Knut starrte die Kriminalisten unwirsch an. »Darf man erfahren, warum Sie das wissen wollen?«

»Wir stellen hier die Fragen«, blaffte Hagen. »Und es wurden auch nicht Sie gefragt, sondern Ihre Schwester!«

»Wir haben unseren Vater geliebt und verehrt!«, rief Knut dessen ungeachtet. »Wollen Sie daran etwa zweifeln?«

Ruth sah Wilma unverwandt an. »Hatten Sie den Eindruck, dass Ihr Vater Ihrer Liebesbeziehung zu Henrik Looster im Wege stand?«, fragte sie unverblümt.

Wilma schluckte trocken.

»Wollen Sie Wilma den Mord an Elko etwa anhängen?«, schrie Knut außer sich. »Diesen Quatsch hat Henrik Ihnen bestimmt eingeflüstert!«

»Das war nur eine Frage«, versuchte Wilma ihren Bruder zu besänftigen. Ihr Gesicht wirkte gequält.

»Die fragen dich das nur, weil du kein Alibi hast!« Knut schwellte plötzlich seine Brust und stellte sich provozierend in Pose. »Wissen Sie was. Wenn ich es mir genau überlege, habe ich Wilma am Samstag um fünf Uhr morgens …«

»Stopp!«, rief Wilma dazwischen. Wütend funkelte sie ihren Bruder an. »Du wirst nicht für mich lügen, verstanden?«

Knut vergrub zerknirscht die Hände in den Hosentaschen und schwieg verbissen. »Das alles hier kann doch gar nicht wahr sein«, murmelte er mit brüchiger Stimme. Unwirsch schüttelte er den Kopf. »Falls Sie mich Ähnliches fragen wollen wie meine Schwester, kennen Sie meine Antwort: Ich habe meinen Vater geliebt, und es gibt nichts, weswegen ich ihn hätte hassen sollen!« Mit diesen Worten wandte er sich ab und stapfte grußlos davon.

»Sie müssen meinen Bruder entschuldigen«, sagte Wilma verzagt. »Er ist vollkommen durcheinander.«

»Dafür haben wir vollstes Verständnis«, sagte Ruth freundlich.

»Dass er Ihretwegen lügen wollte, ist allerdings nicht in Ordnung«, merkte Hagen an.

»Hier geht es jetzt erst einmal um Wilma«, entgegnete Ruth und bedachte die junge Frau dann mit einem auffordernden Nicken.

Wilma atmete tief durch. »Was Ihre Frage betrifft … diese Geschichte, dass die Meinungsverschiedenheit zwischen Elko und Henrik der Grund dafür gewesen sein soll, dass nie ein Paar aus uns wurde … das war bloß ein Spiel, eine Posse, die wir seit Jahren zelebrieren.«

»Das müssen Sie uns genauer erklären«, forderte Ruth. »Denn Henrik hatte von dieser Angelegenheit offenbar einen ganz anderen Eindruck.«

Wilma lächelte mit einem Mundwinkel. »Dieser Dummkopf«, stieß sie fassungslos aus. »Es sieht ihm ganz ähnlich, dieses Spiel nicht durchschaut zu haben.« Sie hob kurz eine Schulter. »Es hat mir einfach Spaß gemacht, Henrik zu necken, indem ich ihn anschmachtete. Irgendwie fand ich es süß, wie er sich rauszureden versuchte und behauptete, die Uneinigkeit zwischen ihm und meinem Vater würde ihn davon abhalten, sich auf mich einzulassen. Ich wusste natürlich, dass er im Grunde nichts für mich empfindet; ich bin ja nicht blöd. Ich fand es sehr ritterlich von ihm, mir dies nicht grob an den Kopf zu werfen, sondern sich stattdessen einen Vorwand auszudenken, der unser Zusammensein verhindert.« Sie seufzte. »Dieses Spiel hat mit dem Tod meines Vaters nun leider ein Ende gefunden. Eines von vielen Dingen, die ich vermissen werde, nun da Elko nicht mehr ist.« Tränen traten hervor, und wie es der Zufall wollte, brach in diesem Moment ein wenig Sonnenlicht durch die Wolken und die Blätter des Baumes und ließ das Feuchte in Wilmas Augen glitzern.

»Sie haben Ihrem Vater gegenüber wegen dieser Sache also keinen Groll gehegt?«, fragte Hagen noch einmal nach.

Wilma schüttelte den Kopf. »Wie gesagt: Von meiner Seite war es bloß ein Spiel.« Sie lächelte verzagt und wischte sich die Tränen von der Wange. »Ich weiß nicht, was ich getan hätte, wenn Henrik plötzlich seine Strategie geändert hätte und auf meine Annäherungsversuche eingegangen wäre. Dann hätte ich mir wohl eine Ausrede einfallen lassen müssen, warum wir kein Paar werden können.«

Hagen rieb sich überrumpelt den Nacken. »Wenn das keine verzwickt-komplizierte Antiliebesbeziehung ist, dann weiß ich auch nicht.«

Wilma bedachte Ruth mit einem verstohlenen Blick. »Zum Glück hat Henrik gerade eine Freundin, wie ich gehört habe. Ich muss mir also wohl erstmal nicht den Kopf darüber zerbrechen, wie es mit uns weitergehen wird.«

Ruth lächelte schmal. Sie war nicht glücklich darüber, wie präsent Clarissa in ihren Ermittlungen war. »Ihr Bruder scheint fest davon überzeugt, dass Henrik Ihren Vater getötet hat«, wechselte sie das Thema. »Wie steht es mit Ihnen?«

Wilma schüttelte vehement den Kopf. »Henrik ist ein Idealist, aber rücksichtsvoll und umsichtig. Er könnte keiner Fliege was zuleide tun.« Sie zuckte mit den Schultern. »Wer weiß, vielleicht war sein Disput mit meinem Vater von seiner Seite auch bloß eine Art Spiel, eine willkommene Gelegenheit, seine Position und seine Meinung zu präzisieren und zu festigen, indem er sie einem Mann vortrug, der gänzlich anderer Meinung war als er.«

Hagen blies leicht überfordert die Wangen auf und schnaufte. »Gab es denn überhaupt jemanden, der Ihren Vater nach dem Leben trachten könnte?«, entschlüpfte ihm eine unbedachte Frage, die ihm von Ruth auch sogleich einen strafenden Blick zutrug.

Wilma wischte mit dem Handballen die restlichen Tränen von den Wangen. »Mir fällt jedenfalls keiner ein«, sagte sie ernst.

»Wie ist Ihr Verhältnis zu Steffen Grotje?«, fragte Ruth jetzt unvermittelt.

Wilma krauste die Stirn. »Sie meinen diesen Angeber, der sich im Internet wichtig damit tut, dass er die Leiche meines Vaters entdeckt hat?« Sie stieß einen abfälligen Laut aus. »Was soll mit dem sein?«

»Läuft da irgendetwas zwischen Ihnen beiden?«, konkretisierte Hagen die Frage seiner Chefin nicht gerade feinfühlig.

Wilma lachte gekünstelt auf. »Mit dem? Steffen kann mir mal gestohlen bleiben. Der nervt doch nur rum und behauptet, Henrik würde was mit dem Tod meines Vaters zu tun haben. Ich finde es abscheulich, wie er versucht, Nutzen aus diesem schrecklichen Verbrechen zu ziehen!«

»Womöglich empfindet er aber zärtliche Gefühle für Sie«, sagte Ruth.

»Und wenn schon.« Wilma zog überlegend die Augenbrauen zusammen. »Steffen hat eine Freundin, soweit ich weiß. Miriam Schenk heißt sie.« Sie machte eine Grimasse. »Dass er ein Auge auf mich geworfen hätte ... davon habe ich nichts mitbekommen. Und wenn ich es bemerkt hätte, hätte ich ihm unmissverständlich klargemacht, dass ich ihn so interessant und anziehend finde wie eine gammelige Krabbe!«

Ruth fand es an der Zeit, die Befragung zu beenden. Sie bedankte sich bei Wilma für die Zeit, die sie sich genommen hatte, sprach ihr Mut zu und verabschiedete sich. Hagen schüttelte Wilma linkisch die

Hand und beeilte sich dann, hinter seiner Chefin her zu eilen, die sich dem zivilen Einsatzwagen näherte.

»Es war nicht sehr schlau von Ihnen, der Tochter des Mordopfers gegenüber durchblicken zu lassen, dass wir nicht den blassesten Schimmer haben, wer ihren Vater ermordet haben könnte«, rügte Ruth ihn. Verstimmt setzte sie sich auf den Beifahrersitz.

»Ja, das war dumm von mir«, räumte Hagen reumütig ein und schob sich hinter das Lenkrad. »Aber leider ist es wahr.«

Ruth nickte zerknirscht. »Weiter geht's im Programm«, sagte sie beherrscht. »Als Nächstes suchen wir Steffen Grotjes Freundin auf und überprüfen, wie standhaft das Alibi ist, das sie ihm verschafft hat!«

*

Erneut war es Hagen, der herausfand, wo sich die Person aufhielt, die sie als Nächstes zu befragen gedachten. Miriam Schenk arbeitete in einem Café in der Nähe der historischen Kirche als Kellnerin. Um dorthin zu gelangen, stellten die Kriminalisten ihren Einsatzwagen auf dem Parkplatz der Polizeiwache ab und legten die kurze Strecke zur Kirche zu Fuß zurück.

In der Hauptsaison gab es für die meisten Gaststätten keinen Ruhetag; es herrschte allzeit Hochbetrieb. Ruth und Hagen schoben sich geduldig an den Besuchern vorbei, die durch die engen Straßen flanierten, die Kirche bestaunten oder einen Blick in das altehrwürdige Gebäude mit seinem schlichten, ländlichen Charme warfen.

In dem Café gab es weder drinnen noch draußen einen freien Tisch, und die Angestellten hatten alle Hände voll damit zu tun, die Gäste zu bewirten. Ein dunkelhäutiger Mann, dem die Kellneruniform wie angegossen am kraftstrotzenden Körper saß, kam auf sie zu, während sie sich im Außenbereich umsahen. Er balancierte ein Tablett mit mehreren Eisbechern auf einer Hand vor sich her. »Zurzeit haben wir leider keine freien Plätze zur Verfügung«, sprach er sie höflich an.

»Die sind von der Polizei und wegen mir hier!«, rief eine junge blonde Frau ungeniert herüber. Das Kellnerinkostüm unterstrich ihr adrettes Aussehen, und das offene freundliche Gesicht ließ sie sofort sympathisch erscheinen. Geschickt lavierte sie sich an den vollbesetzten Tischen vorbei, wobei sie ein beladenes Tablett mit ausgestrecktem Arm über ihrem Kopf hielt. Die Blicke einiger Gäste, die ihr Ausruf neugierig gemacht hatte, folgten ihr. Die meisten der Anwesenden hatten jedoch nichts mitgekriegt, denn es herrschte ein fröhliches Gelärme.

»Hier … das ist für die Nummer Vier«, sagte die blonde Frau zu ihrem Kollegen und übergab ihm geschickt das Tablett. Der Mann seufzte, zuckte mit den Schultern und entfernte sich, wobei er die beiden Servierbretter elegant vor sich hertrug.

»So – da bin ich also«, sagte die Kellnerin, wischte die Hände an der Schürze ab und streckte sie den Kriminalisten zur Begrüßung hin. »Moin erstmal«, sagte sie und stellte sich namentlich vor: »Miriam Schenk.« Kurz erschien ein erschöpftes Lächeln auf ihrem Gesicht. »Ist eine Menge los hier. Aber wenn es um meinen Steffen geht, nehme ich mir natürlich die Zeit.«

Ruth sah sich um. »Können wir uns hier irgendwo ungestört unterhalten?«

Miriam winkte ab. »Legen Sie los. Einen ruhigen Ort gibt es hier gerade nicht.« Sie lächelte selig. »Sie wollen bestimmt überprüfen, ob ich tatsächlich bezeugen kann, dass Steffen am Samstag um fünf Uhr früh mit mir zusammen gewesen ist.« Sie nickte eifrig. »Und ob ich das kann!« Jetzt senkte sie die Stimme ein wenig. »Sie müssen wissen, dass ich seit einiger Zeit versuche, schwanger zu werden. Ich gehe diese Sache pragmatisch an und habe exakt die Zeiten ausgerechnet, an denen es günstig wäre.« Sie blinzelte Ruth verschmitzt zu. »Sie wissen, was ich meine?«

Die Hauptkommissarin nickte reserviert, doch Miriam ließ sie nicht zu Wort kommen.

»Zu besagter Uhrzeit am vergangenen Samstag war so ein Moment«, fuhr sie mit ihrer Erläuterung fort. »Da habe ich mir Steffen zur Brust genommen. Zu seinem geplanten Interview mit Elko Meming wäre er fast zu spät gekommen.«

Ruth räusperte sich. Aber auch diesmal kam sie nicht dazu, etwas zu sagen.

»Wie steht Steffen eigentlich zu Wilma Meming?«, kam ihr Hagen mit einer Frage zuvor.

Miriam sah ihn verständnislos an. »Was soll mit der sein?«

»Hat sich Steffen womöglich in die Tochter von Elko Meming verkuckt?«, setzte Hagen nach.

Miriam lachte freudlos auf. »Davon weiß ich nichts«, erwiderte sie unbeeindruckt. »Und wenn es so wäre?« Sie zuckte mit den Schultern. »Träume hat jeder. Und solange es ein Traum bleibt, ist es mir egal, was Steffen sich womöglich im Stillen ausmalt.« Sie lächelte siegesgewiss. »Wenn wir erstmal ein Kind haben, wird er sowieso keine Zeit mehr für derartige Hirngespinste haben.«

»Sie bleiben also dabei?«, fragte Hagen streng. »Steffen war zur fraglichen Zeit mit Ihnen zusammen? Sie wissen, dass Sie sich strafbar machen, wenn Sie uns gegenüber falsche Angaben machen.«

»Ich sage die Wahrheit!« Miriam stemmte die Hände in die Hüften und ließ den Blick zwischen den Kriminalisten hin und her huschen. »Ich verstehe ja, dass Sie Ihren Job machen müssen und Steffens Alibi deshalb überprüfen wollen. Aber gehen Sie jetzt nicht ein bisschen zu weit?« Sie verschränkte die Arme. »Ist denn Henrik Looster nicht Ihr Hauptverdächtiger? Steffen hat in seinen Internetbeiträgen doch aufgezeigt, dass …«

»Social-Media-Kanäle und Blogger-Meinungen zählen nicht zu unseren bevorzugten Informationsquellen«, unterbrach Ruth die junge Frau.

Miriam nickte verstehend und setzte ihr freundliches Gesicht auf. »Ihre Frage habe ich beantwortet. Und nun entschuldigen Sie mich bitte. Ich habe zu arbeiten.« Sie hob grüßend die Hand, drehte sich um und eilte schwungvoll davon.

Hagen verzog unzufrieden das Gesicht. »Mein Versuch, Miriams Loyalität ihrem Freund gegenüber ins Wanken zu bringen, hat ja wohl gar nicht gezündet. Sie hält daran fest, dass Steffen zur Tatzeit mit ihr zusammen war.«

Ruth gab ihrem Partner mit einer Kopfbewegung zu verstehen, mit ihr das Café zu verlassen. »Es gibt solche Tage, an denen man keinen Schritt vorankommt«, sagte sie gefasst. »Und dieser Montag ist anscheinend ein solcher Tag.«

Wegen des dichten Besucherstroms musste Hagen hinter seiner Chefin hergehen. »Und was machen wir jetzt?«, fragte er missvergnügt.

Eine Schar lärmender Kinder rannte an den Kriminalisten vorbei. »Feierabend«, rief Ruth ihrem Partner über die Schulter hinweg zu. »Morgen sehen wir dann weiter!«

*

95

Clarissa sah ihre Mutter überrascht an, als sie die Küche betrat. »Da bist du ja schon wieder«, sagte sie, während sie den Salat durchmischte.

Ruth lächelte schmal. »Ich freue mich auch, dich zu sehen.«

Vergnügt winkte Clarissa ab. »So war das nicht gemeint«, versicherte sie. »Ich habe nur nicht so früh mit dir gerechnet.« Sie sah Ruth wissend an. »Ihr tretet bei diesem Mordfall auf der Stelle, nicht wahr?«

Ruth warf einen prüfenden Blick in die Salatschüssel. »Und du machst Abendbrot für uns?«

Clarissa lächelte verlegen. »Diesen Salat werde ich gleich mitnehmen … wenn ich mit dem Fahrrad zu Henrik fahre.«

Ruth seufzte. »Hätte ich mir ja denken können.«

»Im Kühlschrank sind noch die Reste meines Mittagessens«, versuchte Clarissa sie zu trösten. »Die kannst du gerne haben.«

Ruth nickte ihrer Tochter versöhnlich zu. »Danke.« Sie füllte sich ein Glas mit Leitungswasser und begab sich auf die Veranda. In ihrem Strohstuhl saß sie gedankenversunken da und ließ den Tag noch einmal Revue passieren. Wenig später sah sie Clarissa auf ihrem Rad davonradeln, auf dem Gepäckträger einen Korb voller Speisen.

»Rechne heute nicht mehr mit mir!«, rief Clarissa ihr zu und winkte.

»Pass auf dich auf!«, erwiderte Ruth halblaut.

Erneut holten sie ihre Gedanken ein. Aber sosehr sie auch grübelte, es wollte ihr einfach keine zündende Idee kommen, die das Trübe in diesem Mordfall hätte aufhellen können. Als ihr Handy klingelte, schreckte sie kurz zusammen. Sie holte den Apparat hervor und furchte leicht die Stirn, als ihr auf dem Display angezeigt wurde, dass der Anruf aus der Pathologie in Emden kam.

»Was will Doktor Schreiner denn um diese Uhrzeit noch von mir?«, murmelte sie und meldete sich mit ihrem Rang und Namen.

»Moin, Ruth«, tönte die sonore Stimme von Frank Fixlmillner aus dem Handy.

»Frank?!«, rief Ruth überrascht aus. »Sie sind schon aus dem Urlaub zurück?«

»Heute ist mein erster Arbeitstag«, bestätigte Fixlmillner. »Ich wäre gerne noch länger in den Bergen geblieben. In Ostfriesland ist es aber auch ganz schön.«

»Sie rufen aus der Pathologie an – warum?«

Fixlmillner gab einen zerknirschten Laut von sich. »Bevor ich für heute Feierabend machen wollte, habe ich die Unterlagen meiner Vertretung überflogen, um mich auf dem Laufenden zu halten. Dabei bin ich auf Ungereimtheiten bezüglich der Todesursache von Elko Meming gestoßen.«

Ruth setzte sich beunruhigt in ihrem Strohsessel auf. »Was denn für Ungereimtheiten?«

»Das ist eine ziemlich ärgerliche Angelegenheit«, blieb Fixlmillner vage, »und könnte meinen Kollegen Doktor Schreiner arg in Verlegenheit bringen.«

»Sagen Sie einfach, was los ist«, forderte Ruth den Rechtsmediziner auf.

Fixlmillner holte tief Luft. »Zunächst einmal haben mich die Fotoaufnahmen der tödlichen Verletzung stutzig gemacht«, sagte er gedehnt. »Ich habe mir die Fotos sehr genau angesehen. Nach meinem Dafürhalten muss der tödliche Schlag gegen Elko Memings Nacken und Hinterkopf von unten nach oben ausgeführt worden sein.«

»Aha«, sagte Ruth, da sie mit dieser Information noch nicht allzu viel anfangen konnte.

»Hinter der Wucht, mit der dieser tödliche Hieb ausgeführt wurde, muss schier übermenschliche Kraft gesteckt haben«, erläuterte Fixlmillner. »Meines Erachtens hätte selbst ein gut durchtrainierter Mann mit einem aufwärts geführten Schlag nicht einen derartigen Schaden hervorrufen können, wie er im Fall von Elko Meming vorliegt.«

»Vielleicht lag das Opfer bereits am Boden, als der tödliche Hieb erfolgte«, gab Ruth zu bedenken.

»Die Blessuren auf Stirn und Nasenbein zeigen, dass Herr Meming hingestürzt ist, *nachdem* er den Schlag erhielt«, hielt Fixlmillner dagegen. »Da war er bereits nicht mehr am Leben. Darum gibt es an den Händen auch keine Spuren, wie sie entstanden wären, wenn er versucht hätte, den Sturz abzufangen. Stattdessen ist er mit dem Gesicht voran auf den Boden aufgeschlagen.«

Ruths Miene verfinsterte sich. »Was schließen Sie daraus?«

»Mein erster Eindruck ist, dass kein Fremdverschulden zum Tod des Mannes geführt hat. Ich würde eher auf einen Unfall schließen.«

Ruth schnappte nach Luft. »Aber ... es gab keine Hinweise auf einen etwaigen Unfall.«

»Da wäre noch eine Kleinigkeit«, sagte Fixlmillner. »In den Gewebeproben, die Doktor Schreiner aus der Wunde genommen hatte, sind Stäube einer grünen Lackfarbe nachgewiesen worden. Mein Kollege nahm an, es würde sich um Verunreinigungen handeln, da sich diese Lackpartikel auch auf der Arbeitskleidung des Mannes befanden. Doktor Schreiner glaubte, diese Teilchen sind in die Wunde geraten, als die Leiche von den Bestattern bewegt wurde. Ich nehme jedoch eher an, dass sie von dem Gegenstand stammen, der die tödliche Verletzung hervorrief.«

»Die Pumpen im Schöpfwerk sind mit grüner Lackfarbe bemalt«, sagte Ruth wie zu sich selbst. »Hinter einer dieser Pumpen lag Elko Meming.« Sie schüttelte den Kopf. »Die Maschinen sind alle von einem Gehäuse umschlossen. Außerhalb davon gibt es keine beweglichen Teile. Wie also sollte es zu einem solchen Unfall gekommen sein?«

»Ich werde mir den Leichnam noch einmal genauer ansehen müssen««, sagte Fixlmillner. »Meines Erachtens bestehen erhebliche Zweifel, ob wir es hier tatsächlich mit Mord zu tun haben.«

Ruth fuhr sich mit den Fingern angespannt durchs Haar, schüttelte ihre Locken auf. Sie musste an all das Nebulöse denken, mit dem Hagen und sie während ihrer Ermittlungen konfrontiert worden waren. Kamen sie womöglich nur deshalb nicht voran, weil Elko Meming gar nicht ermordet worden war? Eine ungeheuerliche Vorstellung, dass sie die ganze Zeit über aufgrund falscher Tatsachen ermittelt hatten!

»Ich bin unbedingt dafür, dass die Leiche von Elko Meming von Ihnen erneut untersucht wird«, sagte sie. »Ich werde einen entsprechenden Antrag bei Staatsanwalt Lindau stellen.«

»Der Leichnam ist bereits beim Beerdigungsinstitut in Greetsiel.« Fixlmillner seufzte. »Ich habe einen ganz guten Draht zu Janek Raabe und werde ihm sagen, dass er sofort damit aufhören muss, den Toten herzurichten. Hoffentlich ist es dafür noch nicht zu spät.«

»Tun Sie das.« Ruth verabschiedete sich und legte auf. Anschließend suchte sie in ihrer Telefonliste nach der Durchwahlnummer des Staatsanwaltes. Bevor sie den Kontakt anwählen konnte, klingelte ihr Handy. Clarissa wollte mit ihr sprechen. Schweren Herzens drückte Ruth den Anruf weg und rief stattdessen in Henning Lindaus Büro an.

Sie hatte Glück, der Staatsanwalt weilte noch an seinem Arbeitsplatz, und sie brauchte ihn auch gar nicht lange zu bedrängen, um zu erreichen, was sie wollte. Lindau vertraute Fixlmillner rückhaltlos, und wenn der etwas zu beanstanden hatte, musste dem unbedingt auf den Grund gegangen werden. Die dafür erforderlichen Formulare wollte der Staatsanwalt sofort ausstellen lassen.

Ruth beendete das Telefonat und ließ das Handy auf ihren Schoß sinken. Sie versuchte, sich darüber klar zu werden, was diese neue Entwicklung für Hagen und sie bedeutete. Doch ihre Gedanken wurden erneut vom Klingeln des Smartphones unterbrochen. Als sie sah, dass es wieder Clarissa war, die sie zu erreichen versuchte, war ihr erster Impuls, nicht ranzugehen, weil sie erst einmal ihre Gedanken sortieren musste. Aber dann folgte sie ihrem mütterlichen Instinkt und nahm den Anruf entgegen.

»Mama!« Clarissas Stimme klang schrill und aufgelöst. »Du musst sofort herkommen. Henrik liegt tot in seinem Wintergarten!«

Kapitel 7

Obwohl der Abend bereits heraufdämmerte, war in der Okko-tom-Brook-Straße noch immer einiges los. Ruth, die in ihrem kirschroten VW up! saß, drückte ständig auf die Hupe, damit die Leute, die in Urlaubsstimmung die schmale Straße entlangschlenderten, ihr Platz machten. Schließlich scherte sie in die Grundstückseinfahrt ein und fuhr bis dicht an Henrik Loosters Wohnhaus heran. Hastig stieg sie aus und eilte um den Wintergarten herum. Wegen der runtergelassenen, geschlossenen Jalousien war von außen nicht zu erkennen, was sich in dem Raum abspielte.

Die Tür des gläsernen Anbaus stand sperrangelweit offen. Clarissas Fahrrad lag umgestürzt davor, der Inhalt des Korbes war auf dem Rasen verstreut, darunter auch der Salat, den sie so liebevoll zubereitet hatte.

Im Wintergarten herrschte schummeriges Halbdunkel. Ruth sah ihre Tochter am Boden knien, vor einem liegenden Mann. Clarissa weinte schluchzend und sah benommen zu ihrer Mutter auf. Ruth fasste sie am Oberarm und zog sie behutsam auf die Beine.

»Er ist tot, Mama«, wimmerte sie.

Ruth setzte ihre Tochter in einen Korbsessel. »Hast du was angefasst?«, fragte sie.

Clarissa deutete fahrig auf Henrik. »Ihn habe ich angefasst«, sagte sie weinerlich. »Weil ich nach einem Lebenszeichen gesucht habe.« Sie schüttelte benommen den Kopf. »Aber … aber da war nichts!«

Erst jetzt richtete Ruth ihre volle Aufmerksamkeit auf den am Boden Liegenden, ging einmal um ihn herum. Henrik lag wie hingestürzt auf dem Bauch, den Kopf zur Seite gedreht. Das Haar an seinem Hinterkopf war blutverschmiert, seine Augen waren gebrochen.

Ruth ging in die Hocke und betrachtete die Wunde genauer. »Es ist ähnlich wie bei Elko Meming«, murmelte sie und sah sich im Wintergarten dann aufmerksam um. Sie hatte nicht den Eindruck, dass hier ein Kampf stattgefunden hätte. Die Möbel standen ordentlich an ihrem Platz. Der Tisch war für zwei Personen gedeckt, sogar eine Kerze stand bereit.

»Ist dir irgendetwas Verdächtiges aufgefallen, als du hier eintrafst?«, fragte Ruth und richtete sich auf.

Erneut schüttelte Clarissa den Kopf. »Ich bin mit dem Fahrrad die Auffahrt rauf und dann um den Wintergarten rumgefahren. Die Tür stand offen, und als ich Henrik am Boden liegen sah, stieß ich das Rad von mir und rannte zu ihm. Doch da war er schon nicht mehr am Leben.« Sie schluchzte und nestelte nervös mit den Händen. »Mama ... wer war das? Wer hat Henrik das angetan? Das war doch kein Unfall, nicht wahr? Das war Mord!«

»Beruhige dich.« Ruth ging zu ihrer Tochter, zog sie auf die Beine. Dann führte sie Clarissa ins Haus in die Küche, wo sie den Toten nicht mehr sehen konnte. »Bleib hier sitzen«, wies sie sie an und drückte sie auf einen Küchenstuhl. »Ich kümmere mich um alles.«

Als Ruth in den Wintergarten zurückkehrte, traf Hagen Reese gerade ein, den sie telefonisch informiert hatte, bevor sie mit ihrem PKW aufgebrochen war. »Wir brauchen die Kollegen der Spurensicherung und Doktor Fixlmillner«, sagte sie zu ihrem Partner.

Hagen, den Ruth über Fixlmillners abweichende Meinung über die Todesursache im Fall Elko Meming bereits informiert hatte, machte ein finsteres Gesicht. »Henrik wurde von hinten in den Nacken geschlagen, ähnlich wie beim Schöpfwerkmeister«, stellte er mit rauer Stimme fest.

»Der aber womöglich gar nicht ermordet wurde«, ergänzte Ruth eindringlich.

Hagen holte sein Handy hervor und wählte die Nummer der Emder Kripo.

*

Eine halbe Stunde später trafen die Kollegen der Spurensicherung beim Haus von Henrik Looster ein. Routiniert begannen die in weiße Schutzanzüge gekleideten Männer und Frauen das Haus und das Grundstück zu untersuchen.

Diesmal hatte es sich Henning Lindau nicht nehmen lassen, persönlich beim Fundort der Leiche zu erscheinen. Der Staatsanwalt wirkte sichtlich angespannt. Dass Dr. Schreiner aufgrund einer Fehleinschätzung womöglich eine überflüssige polizeiliche Ermittlung ausgelöst hatte und nun eine weitere Leiche mit ähnlichen Verletzungen aufgetaucht war, beunruhigte ihn in erheblichem Maße.

Bevor Dr. Fixlmillner sich des Toten annahm, unterzog er Clarissa einer kurzen ärztlichen Untersuchung. »Sie steht unter Schock«, erklärte er mit gedämpfter Stimme, während er Ruth beiseitenahm. Er bedachte Clarissa, die wie abwesend auf dem Küchenstuhl saß und blicklos vor sich hin starrte, mit einem besorgten Blick. »Ich würde ihr gerne ein Beruhigungsmittel verabreichen.«

»Tun Sie das«, sagte Ruth, der es in der Seele wehtat, ihre Tochter so angeschlagen zu sehen. Wie glücklich und unbeschwert sie gewesen war, als sie mit ihrem Fahrrad zum Rendezvous mit Henrik aufgebrochen war. Jetzt wirkte sie wie jemand, den eine schlimme Erfahrung innerlich ausgebrannt hatte. Clarissa musste so schnell wie möglich von hier fortgebracht werden, entschied sie.

Während Dr. Fixlmillner jetzt mit ruhiger Stimme auf Clarissa einsprach, ging Ruth in den Wintergarten, der von den aufgestellten Flutlichtern grell erleuchtet wurde. Sie bat Hagen, sich hier um alles Nötige zu kümmern. »Ich werde Clarissa gleich nach Hause bringen«, erläuterte sie. »Und ich werde bei ihr bleiben. Sie jetzt allein zu lassen, bringe ich einfach nicht übers Herz.«

»Sie können sich auf mich verlassen«, sagte Hagen gefasst. »Ich werde Sie später über alles unterrichten.«

Ruth nickte ihrem Partner dankend zu und ging dann zu Henning Lindau hinüber. Der stämmige Staatsanwalt stand mit dem Rücken vor dem jalousieverhangenen Fenster und betrachtete das geschäftige Treiben der Kollegen aufmerksam.

»Ich habe ein ungutes Gefühl bei dieser Sache«, sagte er, als Ruth neben ihn trat. Fahrig fuhr er sich mit der Hand über die Halbglatze. »Zwei Angestellte des Ersten Entwässerungsverbandes Emden sind kurz hintereinander ums Leben gekommen. Und wir wissen nicht einmal mit Sicherheit, ob beim ersten Todesfall ein Verbrechen vorliegt.«

»Hier jedenfalls scheint die Lage klar«, erwiderte Ruth. »Henrik Looster ist erschlagen worden.«

»Warten wir lieber ab, was Doktor Fixlmillner dazu sagt.« Lindau machte eine unbeholfene Handbewegung. »Wir dürfen uns jetzt keine Ungenauigkeiten mehr erlauben!«

»Ich mache mir viel mehr Sorgen darüber, ob der Tod von Henrik Looster im Zusammenhang mit dem Ableben von Elko Meming steht«, erwiderte Ruth.

»Darüber können Sie spekulieren, wenn die Ergebnisse der Forensik vorliegen«, meinte Lindau. Er deutete mit einem Kopfnicken zur Küche hinüber. »Jetzt sollten Sie sich lieber um Ihre Tochter kümmern. Es ist schlimm genug, dass ausgerechnet sie es war, die diesen armen Burschen finden musste. Das könnte für uns und diese

Ermittlungen Komplikationen mit sich bringen.« Er sah Ruth von der Seite an. »Eigentlich müsste ich Ihnen diesen Fall entziehen, wenn ich nur wüsste, durch wen ich Sie effektiv ersetzen könnte.«

Ruth seufzte schwer. »Das alles …«, setzte sie an, verlor dann aber den Faden. Resigniert schüttelte sie den Kopf, denn ihr fehlten die Worte.

»Nun gehen Sie schon«, sagte Lindau in väterlichem Tonfall. »Ihre Tochter braucht Sie jetzt!«

Ruth nickte dem Staatsanwalt dankend zu und machte sich auf den Weg in die Küche. Sie half Clarissa auf, die wegen des Beruhigungsmittels, das Fixlmillner ihr verabreicht hatte, nun noch wackeliger auf den Beinen war.

Ruth legte den Arm um ihre Tochter und sprach besänftigend auf sie ein. Zusammen verließen sie das Haus durch den Haupteingang. Schließlich bugsierte Ruth Clarissa auf den Beifahrersitz ihres VW und setzte sich hinters Steuer.

Es war dunkel geworden und hatte sogar zu regnen angefangen. Trotzdem hatte sich vor der Grundstückseinfahrt eine Menschentraube gebildet. Alice Bergmann sorgte dafür, dass die Schaulustigen hinter der Absperrung blieben, die sie quer über die Einfahrt gezogen hatte. Sie hob das rot-weiß gestreifte Plastikband hoch und Ruth ließ ihr kirschrotes Auto langsam darunter hindurchrollen. Die Versammelten warfen neugierige Blicke ins Innere des Fahrzeugs. Kurz glaubte Ruth, das Gesicht von Steffen Grotje in der Menge zu erblicken.

*

Es war kurz vor Mitternacht, als Ruth von Hagen Reese angerufen wurde. Clarissa lag im Gästezimmer in ihrem Bett und schlief tief und fest. Ruth aber war nach wie vor hellwach und hing ihren Gedanken nach. Das Klingeln ihres Handys war ihr eine willkommene Abwechslung; sofort berührte sie den Annahmebutton und hielt sich das Gerät ans Ohr.

»Ich hoffe, ich störe Sie nicht«, sagte Hagen mit gedämpfter Stimme.

»Ich habe auf Ihren Anruf gewartet«, erwiderte Ruth ein wenig schroff, wie sie selbst fand. »Wie ist die Lage bei Ihnen?«

»Die Kollegen rücken gerade ab«, berichtete Hagen.

»Es war Mord, nicht wahr?«, platzte es aus Ruth hervor.

»Doktor Fixlmillner geht fest davon aus«, bestätigte Hagen. »Henrik starb durch mehrere heftige Schläge auf den Nacken und den Hinterkopf.«

»Gleich mehrere?«

»Wie viel es genau waren, muss während der Obduktion erst noch festgestellt werden«, sagte Hagen. »Ich soll Ihnen von Frank unbedingt ausrichten, dass die Schläge horizontal und von schräg oben ausgeführt wurden und nicht von unten nach oben, wie es bei Elko Meming geschehen ist.«

»Was sagt er zum Todeszeitpunkt?«

Hagen atmete einmal tief durch, bevor er antwortete. »Henrik Looster kann noch nicht lange tot gewesen sein, als Clarissa ihn entdeckte.« Er legte eine kurze Pause ein. »Es ist ein Wunder, dass sie dem Mörder nicht in die Arme gelaufen ist«, sagte er dann zögernd.

»Das ist zum Glück nicht geschehen!«, entfuhr es Ruth. Sie seufzte.

»Ich habe sie gefragt. Ihr ist nichts Verdächtiges aufgefallen, als sie bei Henrik Loosters Haus ankam.«

»Das alles ist ziemlich unerfreulich«, sagte Hagen ernst. »Ich habe Staatsanwalt Lindau noch nie so nervös und gereizt erlebt. Dass Sie durch Clarissa persönlich in diesen Mordfall verstrickt sind, macht ihm schwer zu schaffen.«

Ruth lehnte sich auf ihrem Stuhl zurück. »Vielleicht sollte er Ihnen die Leitung der Ermittlungen übertragen«, überlegte sie laut.

»Naja. Mal sehen.« Hagen war sein Unbehagen deutlich anzuhören.

Ruth knabberte nervös auf ihrer Unterlippe herum. »Diese beiden Todesfälle ähneln sich auf frappierende Weise«, sagte sie gedehnt. »Und das gefällt mir nicht.«

»Doktor Fixlmillner hat versprochen, sich die Nacht in der Pathologie um die Ohren zu schlagen«, gab Hagen zurück. »Er hat es sogar geschafft, Janek Raabe dazu zu überreden, Elko Memings sterbliche Überreste noch in dieser Nacht zu ihm nach Emden zu bringen.«

Ruth seufzte. »Unser armer Rechtsmediziner. Kaum aus dem Urlaub zurück, muss er eine Extranachtschicht einlegen.«

»Er machte auf mich nicht den Eindruck, als würde ihm dies etwas ausmachen«, erwiderte Hagen. »Im Gegenteil, er hat sich herausgefordert gefühlt, denke ich. Jedenfalls schien er erpicht darauf, die

Ungereimtheiten, die seine Vertretung ihm hinterlassen hat, schnellstmöglich aufzuklären.«

»Was denken Sie über den Mord an Henrik Looster? Da muss es doch einen Zusammenhang mit dem Vorfall im Pumpenhaus geben!«

»Darüber zerbreche ich mir den Kopf, wenn die Ergebnisse der Forensik vorliegen«, sagte Hagen diplomatisch.

Ruth hörte ihrem Partner nur mit halber Aufmerksamkeit zu. Ein Wort, das sie soeben mehr unbedacht als wirklich gewollt verwendet hatte, hatte sie aufhorchen lassen: Vorfall. So hatte Steffen Grotje Elko Memings Tod einmal genannt, obwohl alle Beteiligten davon überzeugt gewesen waren, dass ein Kapitalverbrechen vorlag. Hatte sie den Influencer nicht sogar auch unter den Schaulustigen in der Okko-tom-Brook-Straße gesehen?

»Ruhen Sie sich aus«, riet Hagen ihr. »Clarissa braucht Sie jetzt an ihrer Seite. Ich werde derweil die Stellung halten und zusehen, ob ich in der Nacht noch irgendetwas herausfinden kann.«

Ruth atmete tief durch. »Das werde ich. Gute Nacht, Hagen.« Sie lächelte. »Wir hören dann morgen voneinander.«

Ihr Partner wünschte ihr und Clarissa ebenfalls eine gute Nacht und legte auf.

Ruth blieb noch einen Moment sitzen, bis sie feststellte, dass ihre Gedanken tatsächlich ein wenig zur Ruhe gekommen waren. Sie stand auf, löschte das Licht und ging auf leisen Sohlen in Clarissas Zimmer.

Dank des Beruhigungsmittels lag Clarissa noch immer in tiefem Schlummer. Ihre Finger zuckten, und ein Bein bewegte sich unruhig.

Ruth zog leise einen Sessel ans Bett heran, setzte sich und hüllte sich in eine Wolldecke. Sie wollte über den Schlaf ihrer Tochter wachen und zur Stelle sein, wenn sie aus einem Alptraum hochschreckte. Vielleicht brauchte sie auch eine Schulter, an der sie sich ausweinen konnte, um das schreckliche Erlebnis zu verarbeiten.

*

Ruth schreckte zusammen, als sie sanft an der Schulter berührt wurde. Sie riss die Augen auf und erblickte ihre Tochter, die neben dem Sessel stand und sich über sie beugte. »Oh – ich muss eingeschlafen sein«, erkannte Ruth benommen.

Clarissa lächelte milde. Sie trug einen Hosenanzug und hatte noch nasses Haar vom Duschen. »Hagen ist vor einigen Minuten eingetroffen«, sagte sie mit rücksichtsvoll gedämpfter Stimme. »Er sitzt in der Küche und möchte dich dringend sprechen.«

Ruth schälte sich aus der Wolldecke. »Wie geht es dir?«, fragte sie.

Clarissa zuckte mit den Schultern. »Ich bin okay«, sagte sie ausweichend.

Ruth stand auf und sortierte ihre Kleidung. Es ärgerte sie, so fest geschlafen zu haben, dass sie nicht mitbekommen hatte, wie ihre Tochter aufgestanden war. Nicht einmal das Klingeln an der Tür hatte sie aus dem Schlaf gerissen. »Sag Hagen, dass ich gleich bei ihm bin«, bat sie ihre Tochter. »Ich muss mich nur ein wenig frisch machen.«

Als Ruth zehn Minuten später die Küche betrat, hielt Hagen einen Becher dampfenden Tee in den Händen und plauderte ungezwungen mit Clarissa. Hastig stellte er den Becher ab und stand auf, um seine Chefin zu begrüßen.

»Sie haben Ihr Notebook mitgebracht«, stellte Ruth sachlich fest und ließ sich von Clarissa einen Becher Kaffee in die Hand drücken.

Hagen setzte sich und wirkte plötzlich ernst. »Da ist etwas, das Sie unbedingt erfahren müssen«, sagte er und klappte das Notebook auf. »Eine ziemlich ärgerliche Sache.« Er blickte kurz warnend in Clarissas Richtung, ohne dass diese dies bemerkte.

Ruth, die den Wink verstand, bat ihre Tochter, sie für einen Moment allein zu lassen, weil sie Polizeiangelegenheiten zu regeln hätten. Nachdem Clarissa die Küche verlassen hatte, nickte sie Hagen auffordernd zu.

»Es geht um Steffen Grotje«, erklärte er und machte sich an der Tastatur seines tragbaren Computers zu schaffen. »Er hat in der Nacht ein paar neue Videos und Blogeinträge veröffentlicht. Und die haben es in sich!«

Ruth hob abwehrend die Hand, als Hagen das Notebook zu ihr drehte, damit sie den Bildschirm sehen konnte. »Es ist zu früh, um mir ärgerliche Internet-Videos anzusehen«, sagte sie. »Warum erzählen Sie mir nicht einfach, was los ist?«

Hagen seufzte. »Steffen hat Sie und Clarissa gestern Abend gefilmt«, setzte er zögernd an, »und zwar, als Sie sich in Henrik Loosters Wintergarten aufhielten. Es ist zu sehen, wie Sie und Ihre Tochter sich bei der Leiche aufhalten. Der Tote wurde unkenntlich gemacht und die Gesichter von Ihnen und Clarissa mit einem schwarzen Balken bedeckt.«

Ruth schlug mit der Faust auf den Tisch. »Ich habe mich also nicht geirrt, als ich Steffen gestern Nacht unter den Schaulustigen sah.«

»In seinem Blog lässt er anklingen, dass Clarissa womöglich mit dem gewaltsamen Tod des jungen Mannes zu tun hat. Er behauptet, sie hätte ein Verhältnis mit dem Opfer gehabt.«

Ruth machte ein finsteres Gesicht. »Ich ahne, worauf das hinausläuft.«

Hagen nickte bedauernd. »Er wirft in seinem Blog die Frage auf, ob Sie als Mutter der Verdächtigen überhaupt in der Lage sind, unbefangen zu ermitteln.«

Ruth seufzte entnervt. »Es wird wahrscheinlich sowieso darauf hinauslaufen, dass ich mich aus den Ermittlungen zurückziehen muss. Diese Veröffentlichungen im Internet beschleunigen diesen Prozess jetzt noch zusätzlich.«

Hagen klappte das Notebook zu. »Die Zugriffszahlen von Steffens Videokanal und seinem Blog gehen durch die Decke«, erläuterte er. »In den Kommentaren werden die wildesten Spekulationen und Anschuldigungen gegen die Polizei laut.«

»Das wird Herrn Lindau sicherlich Kopfschmerzen bereiten.«

Hagen sah seine Chefin ernst an. »Für mich sieht das nach einem Manipulationsversuch unserer Arbeit aus. Steffen Grotje will unsere Ermittlungen torpedieren!«

»Wenn wir jetzt Schritte gegen seine Internet-Aktivitäten unternehmen, wird das die Mutmaßungen seiner Follower nur befeuern«, gab Ruth zu bedenken.

Hagen schüttelte den Kopf. »Aber wir haben sehr wohl eine Handhabe gegen ihn«, sagte er selbstsicher. »Steffen Grotje ist nachweislich zu einem Zeitpunkt beim Tatort gewesen, als nur Clarissa und wir beide wussten, dass dort ein Toter liegt.« Er zeigte auf sein Notebook. »Die Aufnahmen, die er von Clarissa und Ihnen gemacht hat, beweisen es. Sie entstanden, bevor ich beim Haus eingetroffen war. Ich habe das überprüft. Er muss vom Garten eines angrenzenden Grundstücks aus gefilmt haben. Nur von dort konnte er durch die offene Wintergartentür in den Raum hineinfilmen. Er war nicht nur rein zufällig dort.«

Ruth furchte nachdenklich die Stirn.

»Ich finde es sehr verdächtig, dass Steffen Grotje zwei Mal zur rechten Zeit an Ort und Stelle war, um einen Todesfall zu dokumentieren, bevor dieser publik wurde«, fuhr Hagen fort. »Meines Erachtens ist es aus diesem Grund gerechtfertigt, Herrn Grotje mal gehörig auf den Zahn zu fühlen.«

Ruth sah nachdenklich zum Fenster hinüber. Es regnete und der Himmel war grau. »Ich stimme Ihnen zu«, sagte sie wie abwesend. »Allerdings halte ich es für angeraten, dass Sie Steffen Grotje ohne mich aufsuchen.«

Hagen lächelte. »Das hätte ich als Nächstes vorgeschlagen.«

Ruth sah ihren Partner an. »Herr Lindau hat uns nahegelegt, die Ermittlungen erst fortzusetzen, wenn uns die Ergebnisse der Forensik vorliegen«, rief sie ihm in Erinnerung.

Hagen klappte das Notebook wieder auf. »Ich kann mit diesem Gerät auf unser elektronisches Postfach zugreifen und nachsehen, ob wir von der Emder Kripo bereits Post bekommen haben«, schlug er vor. »Wenn nötig kann ich mit meinem Notebook sogar Daten vom Polizeiserver runterladen.« Während er erklärte, traf er Vorbereitungen, die Ankündigung in die Tat umzusetzen. Einen Moment lang arbeitete er konzentriert an seinem Rechner, und Ruth nutzte die Gelegenheit, an ihrem Kaffee zu nippen.

»Doktor Fixlmillner war fleißig, wie es aussieht«, informierte Hagen sie schließlich. »Er hat uns einen Abschlussbericht seiner Untersuchungen geschickt.« Er las einen Augenblick aufmerksam und nickte dann gewichtig. »Unser Gerichtsmediziner hat bei der Nachuntersuchung des Leichnams von Elko Meming seinen Verdacht bestätigt gefunden. Seine Diagnose lautet: Tod durch Unfall.«

Ruth setzte den Kaffeebecher ab. »Wobei noch zu klären wäre, wie dieser tödliche Unfall überhaupt zustande gekommen ist.«

Hagen hob eine Schulter, wobei sein Blick weiterhin auf dem Bildschirm ruhte. »Henrik Looster hat drei Schläge in den Nacken und den Hinterkopf erhalten«, las er Ruth jetzt vor. »Als Tatwaffe wurde wahrscheinlich eine Eisenstange mit etwa acht Zentimeter Durchmesser verwendet. Diese stumpfe Gewalteinwirkung führte zum sofortigen Tod des Opfers.«

»Eine acht Zentimeter dicke Eisenstange?« Ruth zog die Augenbrauen zusammen. »Die wird im Obduktionsbericht von Elko Meming ebenfalls erwähnt.«

»Das ist richtig«, bestätigte Hagen. »Bei Henrik wurden jedoch keine Rückstände grüner Lackfarbe in der tödlichen Wunde gefunden, bei Elko Meming sehr wohl. Doktor Fixlmillner leitet daraus ab, dass in beiden Fällen zwar ein ähnlicher Gegenstand den Tod herbeiführte, diese Stangen aber nicht identisch sind.«

Ruth rieb sich grübelnd das Kinn. »Was steht da noch über Henrik Looster?«

Hagen überflog den Text. »Es gab keine Abwehrspuren. Ein Kampf hat folglich wahrscheinlich nicht stattgefunden. Henrik muss der Angriff völlig unvorbereitet getroffen haben. Womöglich hatte er seinen Mörder erst bemerkt, als dieser zuschlug.« Hagen blickte vom Bildschirm auf. »Das war's von Doktor Fixlmillners Seite.«

»Liegt uns bereits ein Bericht der Spurensicherung vor?«, wollte Ruth nun wissen.

Hagen schüttelte den Kopf. »Die Kollegen der KTU sind anscheinend nicht so fix wie unser verehrter Herr Doktor Fixlmillner«, scherzte er. Hagen navigierte noch eine Weile in dem System umher, schüttelte dann jedoch den Kopf. »Seltsam«, sagte er. »Von Staatsanwalt Lindau liegt noch keine Dienstanweisung vor.«

»Wahrscheinlich zögert er es noch ein bisschen hinaus, anzuordnen, dass ich von diesem Fall abgezogen werden muss«, überlegte Ruth laut.

»Sie meinen, er möchte uns ein bisschen Zeit verschaffen?«

Ruth stand auf und nickte. »Und die sollten wir auch nutzen!«

»Wollen Sie mich nun doch zu Steffen Grotje begleiten?«, wunderte sich Hagen.

»Nein. Den überlasse ich Ihnen. Ich halte mich lieber bedeckt und werde mich stattdessen im Schöpfwerk umsehen. Es muss dringend geklärt werden, wie Elko Memings tödlicher Unfall abgelaufen ist. Das lässt mir keine Ruhe!«

*

Nachdem Hagen gegangen war, rief Ruth mit ihrem Handy im Büro des Ersten Entwässerungsverbandes Emden an. Sie wollte darum bitten, dass man einen Mitarbeiter nach Greetsiel schickte, der das Pumpenhaus für sie aufschloss und ihr für Fragen und Auskünfte zur Verfügung stand.

»Wir haben Dagmar Daniels heute früh nach Greetsiel beordert«, teilte ihr der Vorsteher mit, den sie schließlich an der Strippe hatte. Peet Petersen war ein älterer Herr mit brüchiger, schwankender Stimme. »Es muss ja einer dort nach dem Rechten sehen, besonders da es die ganze Nacht über geregnet hat und wahrscheinlich geschleust werden muss.« Petersen gab einen mürrischen Laut von sich. »Wir haben zwei Leute in Greetsiel verloren«, fuhr er aufgewühlt fort. »Wenn das so weitergeht, werden wir bald kein Personal mehr haben und niemand mehr bereit sein, im Greetsieler Schöpfwerk zu arbeiten, weil es so aussieht, als läge ein Fluch auf der alten Anlage.«

»Diesem Spuk wird die Greetsieler Polizei bald ein Ende machen«, gab Ruth in ihrer trockenen Art zurück.

»Sie wissen, wer den armen Elko und Henrik umgebracht hat?«, erkundigte sich Petersen hoffnungsvoll.

»Zu den laufenden polizeilichen Ermittlungen darf ich keine Auskunft geben«, erwiderte Ruth und bemühte sich dabei, bedauerlich zu klingen. Sie verabschiedete sich übergangslos und legte auf.

Clarissa, die Hagen zur Tür gebracht hatte, betrat die Küche.

Ruth betrachtete ihre Tochter prüfend. Sie sah abgekämpft und müde aus. »Kann ich dich eine Weile allein lassen?«, fragte sie mitfühlend.

Clarissa presste die Lippen aufeinander und sagte dann eindringlich: »Du musst herausfinden, wer Henrik umgebracht hat. Nur das ist wichtig!«

Ruth seufzte. »Wahrscheinlich werde ich in den nächsten Stunden von diesem Fall abgezogen«, erklärte sie. »Es könnte von meiner Seite einen Interessenkonflikt geben, weil du …«

Clarissa nickte verstehend. »Dann beeil dich. Und tue nichts, was der Verteidiger dieses Verbrechers später womöglich dafür verwenden könnte, den Mordprozess anzufechten.«

»So weit werde ich es nicht kommen lassen«, versprach Ruth. Clarissa wusste noch nichts von den Gerüchten, die Steffen Grotje im Internet über sie verbreitet hatte, und dass einige Leute daraufhin glaubten, *sie* könnte Henrik getötet haben.

»Am besten, du lässt heute die Finger von deinem Smartphone«, sagte sie so unverfänglich wie möglich. »Lies ein Buch oder höre Musik. Versuch, dich zu entspannen.«

Clarissas Stirn umwölkte sich, als ahnte sie, was sich hinter dem Ratschlag ihrer Mutter verbarg. »Mach dir um mich keine Sorgen, Mama«, sagte sie tonlos.

Ruth schloss ihre Tochter kurz in die Arme und drückte ihr einen Kuss auf die Stirn. »Ich bin so bald wie möglich zurück«, versprach sie. »Mach bis dahin keinen Unsinn, verstanden?«

Clarissa lächelte säuerlich und nickte. Dann begann sie, in der Küche aufzuräumen.

Ruth ließ den Blick noch einen Moment auf ihrer Tochter ruhen. Clarissa hatte eine starke Persönlichkeit; ihr Pragmatismus würde ihr helfen, über diese schwere Zeit hinwegzukommen, da war sie sich sicher.

Entschlossen wandte sich Ruth ab, um sich auf den Besuch im Greetsieler Schöpfwerk vorzubereiten.

Kapitel 8

Hagen war überrascht, als Miriam Schenk ihm die Tür der Wohnung öffnete, die Steffen Grotje mit ihr gemeinsam bewohnte. »Müssen Sie denn heute gar nicht kellnern?«, fragte er ein wenig unbeholfen.

Die blonde Frau, die in einem knielangen, blauen Kleid an der Tür erschienen war, lächelte strahlend. »Ich habe heute meinen freien Tag«, verkündete sie.

»Da haben Sie aber Glück, wo es heute doch so stark regnet«, sagte Hagen ironisch.

Miriam legte die Hand auf den Bauch. »Das Wetter ist mir vollkommen egal. Ich bin trotzdem happy!«

Hagen räusperte sich. »Ist Steffen zu Hause? Ich müsste ihn dringend mal sprechen.«

Miriam winkte Hagen herein. »Wir haben uns schon gedacht, dass die Polizei heute bei uns auftauchen wird.«

Hagen folgte der jungen Frau den Flur hinunter in ein schummerig beleuchtetes Zimmer. Die Vorhänge waren zugezogen. Ein Bildschirm warf sein fahles Licht auf Steffen Grotjes Gesicht, der konzentriert an einem Schreibtisch saß und gerade ein Video bearbeitete. Steffen hatte das Zimmer wie ein Büro eingerichtet. In den Stahlregalen standen mehrere Computer und ein Server. Die Aluminiumplatte des Arbeitstisches war übersät mit Tastaturen und anderen Eingabegeräten. Notizzettel lagen in Griffweite.

»Da sind Sie ja auch schon«, merkte Steffen mit sarkastischem Unterton an. Kurz blickte er zu Hagen hinüber, der in der Mitte des Zimmers stehen geblieben war. Miriam trat hinter seinen Game-Sessel und legte ihm von hinten zärtlich die Arme um den Hals. »Hat Ihre Chefin sich nicht getraut, hierherzukommen?«, fragte Steffen provozierend. »Oder hat man sie von den Greetsieler Mordfällen etwa abgezogen?«

Hagen hatte nicht vor, auf diese Fragen einzugehen. »Sie waren gestern Abend in der Nähe eines Tatortes«, sagte er. »Und zwar, bevor überhaupt öffentlich bekannt wurde, dass dort ein Mord geschehen war. Wie kam es dazu?«

Steffen tippte sich gegen die Nase. »Ich habe ein gutes Gespür.«

Hagen hatte genug von dem Getue. »Als Clarissa Fasan bei ihrem Freund eintraf, war dieser bereits tot«, sagte er.

»Behauptet sie jedenfalls«, gab Steffen unterkühlt zurück.

»Wann waren Sie denn vor Ort?«, fuhr Hagen fort. »Womöglich schon wesentlich früher als Clarissa?«

Steffen drehte sich mit seinem Game-Sessel so ruckartig zu dem Kommissar um, dass Miriam mit einem spitzen Schrei zurückwich. »Was soll diese Frage? Wollen Sie mir diesen Mord etwa anhängen?«

»Warum beantworten Sie nicht einfach meine Frage?«, erkundigte sich Hagen.

»Ihre Chefin hat Sie auf mich angesetzt, nicht wahr?«, wetterte Steffen. »Diese polizeiliche Willkür wird meine Follower sicherlich interessieren.«

Hagen zuckte unbeeindruckt mit den Schultern. »Ich kann nur feststellen, dass Sie meinen Fragen ausweichen.«

»Nun sag doch endlich, was der Kommissar von dir wissen will«, forderte Miriam. »Du hast mit diesen Morden nichts zu tun. Also kannst du auch ehrlich sein!«

Steffen deutete abfällig auf Hagen. »Meine Unschuld wird die Bullen nicht davon abhalten, mir was anzuhängen«, behauptete er.

Miriam verdrehte die Augen. »Nun fang bloß nicht an, paranoid zu werden.« Sie verschränkte die Arme und sah ihn eindringlich an. »Diese haarsträubenden Geschichten, die du dir für deine Leute im Internet ausdenkst, solltest du nicht mit deinem echten Leben verwechseln.« Sie warf Hagen ein nachsichtiges Lächeln zu. »Seit Kurzem läuft es mit Steffens Internetaktivitäten wirklich gut. Endlich verdient er richtig Geld damit.« Erneut legte sie die Hand auf ihren Bauch. »Und das ist auch dringend nötig, wo wir doch bald Nachwuchs bekommen.«

Steffen sah seine Freundin mit finsterer Miene an. »Das tut hier nichts zur Sache.«

»Oh doch, tut es sehr wohl!«, begehrte Miriam auf. Mit glücklichem Leuchten in den Augen sah sie Hagen an. »Wir haben es heute Morgen erst erfahren: Ich bin schwanger!«

Hagen lächelte aufrichtig. »Herzlichen Glückwunsch Ihnen beiden.«

Steffen seufzte genervt. »Vielleicht solltest du jetzt lieber rausgehen und mich die Unterhaltung mit dem Kommissar allein führen lassen.«

Miriam schüttelte entschieden den Kopf. »So wie du dich aufführst, ist es besser, ich bleibe.« Sie legte Hagen in einer vertraulichen Geste eine Hand auf die Schulter. »Du weißt es vielleicht nicht«, sagte sie an Steffen gerichtet. »Aber hier steht der Freund unserer zukünftigen Hebamme. Sei also ein bisschen umgänglicher!«

Steffen sah Hagen mürrisch an. »Sie sind mit der Hebamme Dünya Hennings zusammen?«

Hagen lächelte übertrieben liebenswürdig. »So gut kann Ihre Spürnase gar nicht sein, wenn Sie das nicht wissen.«

Miriam stieß mit dem Fuß gegen das Rollgestell von Steffens Sessel. »Nun sag ihm endlich, wie es dazu kam, dass du gestern Abend zeitig beim Tatort sein konntest!«

Steffen stieß ein unwilliges Brummen aus. »Also gut. Ich … habe ein Auge auf Hauptkommissarin Ruth Fasan«, gestand er. »Ich schau, dass ich nichts von dem verpasse, was sie tut.«

»Sie verfolgen meine Vorgesetzte?«

»Das macht er nur, um im Internet schnell berichten zu können, wenn was passiert«, erklärte Miriam in einem Tonfall, der verriet, dass sie daran nichts verwerflich fand. »Das ist sein Job.«

»Ich kann Ihnen ganz genau schildern, was Frau Fasan gestern Abend getan hat«, erläuterte Steffen. »Ich war die ganze Zeit in ihrer Nähe. Ich radelte hinter ihr her, als sie mit ihrem roten Kleinwagen in die Okko-tom-Brook-Straße fuhr. Dass die Touristen überall die Straßen verstopfen, ist mir dabei zugutegekommen. Als Frau Fasan ihren Wagen verließ, suchte ich schnell nach einem günstigen Standort, um zu beobachten, was sie in Henriks Wintergarten verloren hatte. Ich war ziemlich baff, als ich sah, dass sich ihre Tochter dort ebenfalls aufhielt … und dass die Leiche von Henrik Looster auf dem Boden lag.«

Hagen brauchte einen Moment, um diese Informationen zu verarbeiten. Wenn Steffens Behauptung stimmte, woran er nicht wirklich zweifelte, dann hatte der mit dem Mord an Henrik nichts zu tun. Und da Steffen zur selben Zeit wie Ruth am Tatort eingetroffen war, hatte er wohl auch nicht mehr gesehen als die Hauptkommissarin.

»Ist Ihnen bei Henrik Loosters Grundstück irgendetwas Verdächtiges aufgefallen?«, fragte Hagen der Vollständigkeit halber dennoch.

»Wenn dem so gewesen wäre, hätten Sie darüber in meinem Blog gelesen«, erwiderte Steffen frostig.

»Sei nicht so unhöflich!«, zischte Miriam.

Steffen wandte sich seinem Schreibtisch zu. »Ich habe noch zu arbeiten«, sagte er mürrisch. »Wenn Sie keine weiteren Fragen haben, würde ich es begrüßen, wenn Sie meine Wohnung jetzt verlassen.«

Hagen überlegte, ob er Steffen davon erzählen sollte, dass Elko Meming aller Wahrscheinlichkeit nach nicht ermordet worden, sondern bei einem Unfall ums Leben gekommen war. Dann entschied er sich jedoch, es nicht zu tun, denn er befürchtete, Steffen könnte diese Information nutzen, sie im Internet zu veröffentlichen und zu verdrehen, um erneut Aufmerksamkeit und Werbeeinnahmen zu generieren. »Vorerst bin ich hier fertig«, sagte er daher kurz angebunden.

»Begleite den Herrn bitte hinaus, Miriam«, sagte Steffen. »Nicht, dass er sich unterwegs noch verläuft und in unseren Zimmern herumspioniert.«

Miriam verzog bedauernd das Gesicht, als sie sich Hagen zuwandte. »Nehmen Sie es Steffen bitte nicht übel«, sagte sie verzagt und geleitete Hagen dann hinaus in den Flur. »Diese Morde machen ihn nervös. Aber das will er sich natürlich nicht anmerken lassen.«

»Verstehe«, sagte Hagen bloß. Er wünschte der jungen Frau viel Glück, als er sich von ihr verabschiedete. »Und warten Sie nicht zu lange, sich bei Dünya anzumelden«, riet er ihr noch, während er die Treppen hinuntereilte. »Sie hat einen ziemlich vollen Terminkalender.«

*

»Moin.« Die Frau mittleren Alters, die Ruth die Tür des Pumpenhauses öffnete, lächelte pfiffig. Ihr Haar war dunkel und auf Höhe der Ohren hintenrum gerade abgeschnitten, die Ponyfransen aber reichten bis fast an die Augenbrauen. Der blaue Overall umspannte eine kräftige und nicht weniger rundliche Figur und wies etliche Schmierflecken auf. Aus einer der Aufnähtaschen ragte ein Maulschlüssel. »Herr Petersen hat mich vorgewarnt, dass ich Besuch von der Polizei bekommen würde«, sagte sie und stellte sich Ruth dann als Dagmar Daniels vor. Sie bedeutete der Hauptkommissarin einzutreten. »Ich habe allerdings gerade ziemlich zu tun. Der Regen hätte nicht unpassender kommen können.«

Ruth schritt geduldig hinter der Frau her, die sich den Pumpen näherte. »Läuft das Schöpfwerk denn nicht halbautomatisch?«, versuchte sie einen Einstiegspunkt für ein Gespräch zu finden.

Dagmar deutete lax auf die mittlere der drei grünen zylinderförmigen Maschinen. »Tja, wenn's aber nicht richtig läuft, wie es soll, braucht es eben doch einen Menschen, der es richten kann.«

115

Ruth wurde hellhörig. »Stimmt denn mit dieser Pumpe etwas nicht?«, erkundigte sie sich.

»Sie ist komplett ausgefallen!«, schimpfte Dagmar.

Dass ausgerechnet die Maschine nicht arbeitete, hinter der der Schöpfwerkmeister tot aufgefunden worden war, ließ Ruth aufmerken. »Wie kann das sein?«, hakte sie nach. »Wurden die Pumpen von Herrn Meming denn nicht richtig gewartet?«

Dagmar blieb stehen und stemmte die Hände in ihre wuchtigen Hüften. »Na – davon gehe ich mal aus, dass er sie ordnungsgemäß gewartet hat«, sagte sie. »Nichtsdestotrotz läuft die Verstell-Propeller-Anlage nicht rund. Normalerweise befördern die drei Pumpen durchschnittlich dreizehneinhalb Kubikmeter Wasser pro Sekunde vom Binnenland ins Hafenbecken. Jetzt schaffen sie gerade mal zwei Drittel.«

Sie begab sich auf die Rückseite der mittleren Maschine. »Ich habe die Pumpen auf Manuellbetrieb umgeschaltet«, erläuterte sie, während sie den Maulschlüssel an eine Schraube ansetzte. Diese sicherte eine Klappe, von der Dagmar bereits drei Bolzenschrauben gelöst hatte. »Ich wollte gerade nachsehen, was mit dieser Pumpe nicht stimmt«, plauderte sie munter weiter, während sie sich umdrehte, um die gelöste Schraube zu den anderen in eine kleine Wanne zu legen, die auf einem Rollwagen stand.

Plötzlich gab es in der Pumpe einen harten Schlag und die Klappe schwang auf.

Ruth, die durch ihre Ermittlungen sensibilisiert war, packte die Frau blitzschnell und riss sie zu sich heran. Keine Sekunde zu früh, denn im selben Augenblick schoss eine Stange aus der Klappe und zerschnitt pfeifend die Luft – genau dort, wo Dagmar eben noch gestanden hatte.

Durch einen Motor im Innern der Pumpe angerieben, schlug die Eisenstange mehrmals heftig auf und nieder und kam dann zur Ruhe.

Dagmar stand der Mund offen. Geschockt sah sie die Hauptkommissarin an. »Mein Kopf wäre jetzt zertrümmert, wenn Sie mich nicht weggerissen hätten!«, keuchte sie.

Ruth zog die Frau vorsichtshalber noch einen Schritt weiter von der Pumpe weg. »Was ist da passiert?«, fragte sie.

Dagmar zuckte entgeistert mit den Schultern. »Es hätte eigentlich nicht geschehen dürfen, dass die Pumpe plötzlich anspringt; es war ja auf manuell geschaltet.«

»Was ist das für ein Teil?«, fragte Ruth und deutete auf die aus der Öffnung ragende Metallstange. Sie war etwa acht Zentimeter stark und grün lackiert, wies aber deutliche Abriebspuren auf. Sie endete in einer Art Öse, die in Maschinenfett getränkt war.

»Das ist eine Pleuelstange«, erklärte Dagmar. »Sie muss sich vom Führungsgelenk losgerissen haben.« Angestrengt furchte sie die Stirn. »Die Sicherung hat die Pumpe gestoppt. Ich verstehe jedoch nicht, warum sie sich überhaupt eingeschaltet hat.«

Offenbar hatte Dagmar eine Idee, wie dies geschehen sein könnte, denn sie machte sich plötzlich von Ruth los und marschierte in Richtung der Steueranlage davon. Ruth folgte ihr auf dem Fuße. In dem separaten Raum angekommen, öffnete Dagmar die Abdeckung des mittleren Schaltkastens. Ein gut geordnetes Gewirr aus Kabeln, Steckverbindungen und Schaltblöcken kam zum Vorschein.

»Was ist denn das?« Beherzt griff Dagmar in die Innereien der Steuereinheit, umfasste ein Aggregat von der Größe einer Zigarettenschachtel und löste es von seinem Steckplatz. »Das gehört hier nicht hin«, stellte sie fest.

Von Ruth aufmerksam beobachtet, ging Dagmar zu einem Schränkchen, in dem Ersatzteile in grauen Schachteln verwahrt wurden. Sie holte ein ähnliches Aggregat hervor, das nur etwa halb so groß war wie das, das sie in der Hand hielt. Damit kehrte sie zum Steuerkasten zurück und setzte das kleinere Teil ein.

»Welche Aufgabe erfüllt dieses Kästchen?«, erkundigte sich Ruth und zog ein Beweismitteltütchen aus der Tasche.

»Es regelt das Ein- und Ausschalten der Pumpen, wenn ein gewisser Pegelstand erreicht ist«, erklärte Dagmar bereitwillig. »Das sollte dieser Schalter aber nicht tun, wenn die Anlage auf manuell gestellt wurde, also eine Eingabe seitens des Personals erforderlich ist. Solange diese manuelle Eingabe nicht erfolgt, bleibt dieses Teil inaktiv.«

Ruth hielt Dagmar die offene Tüte hin. »Legen Sie das falsche Gerät hinein«, forderte sie die Frau auf. »Ich werde es kriminaltechnisch untersuchen lassen.«

Dagmar gehorchte. »Warum kommt es mir so vor, als hätten Sie mit einem Vorfall wie diesem gerechnet?«, erkundigte sie sich befremdet.

»Die Ermittlungen haben mich vorsichtig werden lassen.« Ruth deutete mit der Beweismitteltüte zu den Pumpen hinüber. »Wir wissen jetzt vermutlich, wie Elko Meming ums Leben gekommen ist. Diese Pleuelstange hat ihn erschlagen!«

Dagmar schüttelte sich. »Dasselbe Schicksal hätte um Haaresbreite auch mich ereilt.« Sie furchte die Stirn. »Elko hatte wahrscheinlich dasselbe vorgehabt wie ich: Er wollte die mittlere Pumpe reparieren. Die Abläufe sind dabei immer dieselben. Nur dass er nicht damit gerechnet hat, dass die Pumpe plötzlich anspringt, die gelöste Pleuelstange die Klappe aufstößt und ihn von hinten erschlägt.« Sie presste hart die Lippen aufeinander und seufzte. »Dass dies geschehen konnte, dafür muss dieser falsche Schalter verantwortlich sein. Jetzt ist die Gefahr gebannt und ich kann die Reparatur durchführen, ohne befürchten zu müssen, dabei erschlagen zu werden.«

Ruth teilte die Einschätzung der Schöpfwerksmitarbeiterin. Allerdings fragte sie sich, warum die Klappe nicht offen gestanden und die Stange nicht aus der Öffnung geragt hatte, als Elko Meming gefunden worden war. Das Wägelchen mit den Werkzeugen und der Wanne darauf hatte auch nicht dort gestanden, wo sie jetzt stand. So aber hätte der Unfallort nach Dagmars Angaben aussehen müssen.

Noch immer gab es ungeklärte Fragen, und Ruth hoffte, dass die Untersuchung des falschen Schalters einige dieser Unklarheiten beseitigen würde.

Zunächst einmal wollte sie Wilma und Knut jedoch darüber in Kenntnis setzen, dass ihr Vater nicht von Menschenhand erschlagen worden, sondern aufgrund eines rätselhaften Unfalls ums Leben gekommen war.

Sie bedankte sich bei Dagmar für ihre Unterstützung. Die aber lachte herzhaft auf und erwiderte: »Ich muss mich bei Ihnen bedanken. Wenn Sie nicht gewesen wären, würde es jetzt schlecht um mich stehen!« Sie begleitete Ruth bis zur Tür und winkte ihr dann wie einer guten Freundin hinterher, mit der sie gerade ein bewegendes Erlebnis geteilt hatte.

*

Mit ungemütlich hochgezogenen Schultern überquerte Ruth den Schatthauser Weg. Der Regen prasselte auf sie herab und beinahe hätte sie deswegen das Klingeln ihres Handys überhört. Rasch huschte sie unter einen Baum und nahm den Anruf entgegen. Dabei ließ sie den Blick über das Wohnhaus der Memings auf der anderen Straßenseite schweifen. Die Gardinen waren zugezogen; sie wirkten wie ein weißer Trauerflor auf die Hauptkommissarin.

Staatsanwalt Lindau war am anderen Ende der Verbindung, und was er Ruth mitzuteilen hatte, brachte er nur schweren Herzens über die Lippen. »Ich muss Sie wegen drohender Befangenheit vom aktuellen Fall abziehen«, sagte er bedauernd. »Hagen Reese wird die Ermittlungen leiten.« Er räusperte sich vernehmlich. »Da er noch ein wenig unerfahren ist, gestatte ich Ihnen hiermit ausdrücklich, ihn als Beobachterin zu begleiten. Sie dürfen sich allerdings nicht aktiv in die Polizeiarbeit einbringen.«

Ruth seufzte schwer. »Damit war zu rechnen«, sagte sie gefasst. »Ich werde mich an Ihre Weisungen halten. Und danke für das kleine Schlupfloch, das Sie mir gelassen haben.«

»Von einem Schlupfloch weiß ich nichts«, gab Lindau neutral zurück. »Verhalten Sie sich professionell. Ich möchte keine Beschwerden hören – von keiner Seite.« Der Staatsanwalt unterbrach die Verbindung. Ruth, die erwartete, dass er nun Hagen anrufen würde, um ihm die Lage zu schildern, blieb abwartend unter dem Baum stehen. Sie lauschte dem Rauschen des Regens in den Blättern und schüttelte das Haupt, wenn allzu dicke Tropfen in ihr Haar fielen. Lange musste sie allerdings nicht warten, denn wenige Minuten später meldete sich Hagen telefonisch bei ihr.

Kurz erzählten sie sich gegenseitig von ihren Nachforschungen und was sich ereignet hatte.

»Ich komme jetzt zu Ihnen«, verkündete Hagen schließlich. »Es ist ein logischer Schritt, die Kinder von Elko Meming über die wahren Umstände zu informieren, die zum Tod ihres Vaters geführt haben.«

»Sie finden mich im Regen unter einem Baum stehen.« Erneut schüttelte sich Ruth Tropfen aus den Locken. »Lassen Sie mich also nicht zu lange warten.«

»Ich bin schon unterwegs«, entgegnete Hagen in aufgeräumter Stimmung. Dass er die Leitung unter Ruths Aufsicht übernehmen sollte, schien ganz nach seinem Geschmack zu sein.

Knapp zehn Minuten später traf Hagen mit dem zivilen Einsatzwagen ein. Beim Aussteigen winkte er Ruth zu und deutete auf den Hauseingang. Als sie Seite an Seite durch den Regen darauf zueilten, schwang die Tür auch schon auf. Knut sah ihnen mit schwer zu deutender Miene entgegen.

»Ich beobachte Sie schon eine Weile«, sagte er an Ruth gerichtet. »Es ist irgendwie seltsam, Sie da im Regen stehen zu sehen.«

»Das braucht Sie nicht zu beunruhigen«, sagte Hagen. »Frau Fasan hat Anweisung bekommen, sich im Hintergrund zu halten. Ich leite die Ermittlungen jetzt.«

Knut nickte bedächtig. »Ist es wegen Ihrer Tochter?«, fragte er die Hauptkommissarin.

»So ist es«, war es erneut Hagen, der das Wort ergriff. »Anscheinend verfolgen Sie Steffen Grotjes Internetaktivitäten aufmerksam«, stellte er fest.

Knut verzog einen Mundwinkel. »Irgendwie schafft er es ja stets, zur rechten Zeit am rechten Ort zu sein. Ich finde es zwar abscheulich, wie er den Tod meines Vaters ausschlachtet, aber immerhin versorgt er einen zuverlässig und schnell mit den neuesten Informationen.«

»Ich muss mit Ihnen und Ihrer Schwester sprechen«, verkündete Hagen. »Wollen Sie uns also nicht hereinbitten?«

»Wenn es denn sein muss.« Knut drehte sich um und ging den Flur entlang. »Wilma ist momentan allerdings kaum zu gebrauchen. Henriks Tod hat ihr den Rest gegeben. Sie heult ununterbrochen.«

Knut führte sie ins Wohnzimmer, in dem es wegen des trüben Wetters jetzt noch trostloser aussah. Wilma lag in Embryohaltung auf dem Sofa und schluchzte. Als sie bemerkte, dass sie nicht mehr allein war, richtete sie sich verlegen auf und wischte sich die Tränen mit dem Ärmel ihrer Bluse aus dem Gesicht. »Was wollen Sie?«, fragte sie mit weinerlicher Stimme. »Ich habe langsam die Nase voll von der Polizei. Zuerst wird der Leichnam meines Vaters aus dem Beerdigungsinstitut entführt, und dann muss Henrik auch noch sein Leben lassen. Warum haben Sie das nicht verhindert?«

»Wir können nun mal nicht weissagen«, entgegnete Hagen, den die übertriebenen Anschuldigungen ärgerten.

Wilma sah ihn zornig an. »Anstatt Henrik des Mordes an unserem Vater zu bezichtigen, hätten Sie ihn schützen müssen!«, begehrte sie auf.

Ruth, die sich sehr zusammenreißen musste, sich nicht einzubringen, setzte sich wortlos in einen Sessel und schlug die Beine übereinander.

Diese Geste der Ruhe und Gelassenheit führte Wilma offenbar vor Augen, wie irrational sie sich gerade verhielt, denn sie sah beschämt zu Boden. »Verzeihen Sie meinen Gefühlsausbruch«, sagte sie verzagt.

Hagen rieb sich unbehaglich den Nacken. »Wegen Ihres Vaters sind wir ... bin ich hier«, sagte er unbeholfen.

Knut setzte sich neben seine Schwester aufs Sofa. »Was gibt es denn?«, fragte er beunruhigt.

Hagen räusperte sich. »Nach der erneuten Untersuchung des Leichnams Ihres Vaters müssen wir jetzt davon ausgehen, dass er ... dass Elko Meming bei einem Unfall ums Leben kam.« Er legte eine Pause ein, um die Worte wirken zu lassen. Die Geschwister starrten ihn jedoch bloß entgeistert an. »Der Ablauf dieses Unfalls konnte von uns inzwischen vollständig rekonstruiert werden«, fügte Hagen hinzu.

»Es gab aber doch gar keine Anzeichen für einen Unfall«, wunderte sich Knut.

Hagen wiegte den Kopf. »Das ist eine Sache, die uns noch zu denken gibt«, gestand er. »Dennoch kann als gesichert angesehen werden, dass die Fehlfunktion einer reparaturbedürftigen Pumpe den Tod Ihres Vaters herbeiführte.«

Wilmas Augen weiteten sich. »Sie haben Henrik also völlig unbegründet vorgeworfen, Elko auf dem Gewissen zu haben?« Verwirrt sah sie ihren Bruder an. »Aber ... Henrik ... er kam auf ähnliche Weise ums Leben wie Elko, heißt es im Internet. Was hat das zu bedeuten?«

»Dass Herr Looster ermordet wurde, daran besteht kein Zweifel«, sagte Hagen. »Bei Ihrem Vater ist die Sache allerdings anders gelagert.«

»Ich verstehe das nicht«, sagte Wilma mit hohlklingender Stimme. »Hängt der Tod unseres Vaters und der von Henrik denn nicht zusammen?«

Hagen trat nervös von einem Bein auf das andere. »Das gilt es noch herauszufinden.«

Knut schüttelte mit finsterer Miene den Kopf. »Jemand wollte es so aussehen lassen, als wäre Elko ermordet worden«, kam ihm die Erkenntnis. Er sah zu Hagen auf. »Steffen Grotje«, sagte er unvermittelt. »Er muss es gewesen sein. Er hat alle Spuren beseitigt, die auf einen Unfall hingewiesen hätten. Danach erst hat er die Aufnahmen mit seinem Handy gemacht!«

Hagen hob eine Schulter. »Auch das werden wir überprüfen.«

Knut stand abrupt auf. »Aber das ist doch offensichtlich!«, rief er. »Steffen ist der Einzige, der einen Nutzen aus diesem angeblichen Mord zieht. Wer sonst hätte ein Interesse daran, zu vertuschen, dass im Greetsieler Schöpfwerk ein tödlicher Unfall stattgefunden hat?«

»Henrik auf jeden Fall nicht«, ging Wilma auf ihren Bruder ein. »Dieser Unfall wäre ihm sogar ganz gelegen gekommen. Dieser Vorfall hätte deutlich gemacht, dass das Schöpfwerk dringend modernisiert werden müsste.«

Ruth fing von Hagen einen hilfesuchenden Blick auf. Sie vermutete, dass er sich gerade fragte, ob er den vertauschten Schalter erwähnen sollte. Da sie das zu diesem Zeitpunkt für nicht ratsam hielt, schüttelte sie kaum merklich den Kopf.

»Möchten Sie vielleicht etwas trinken?«, fragte Knut plötzlich.

»Danke, nein«, wehrte Hagen zerstreut ab, und auch Ruth verneinte.

»Mir kannst du bitte ein Glas Wasser bringen«, sagte Wilma. »Meine Kehle ist vom Weinen ganz ausgetrocknet.«

Knut zog sich daraufhin Richtung Küche zurück.

Unruhig begann Hagen im Zimmer auf und ab zu gehen. Grübelnd rieb er sich das Kinn. Plötzlich drehte er sich Wilma zu. »Wo war Ihr Bruder gestern Abend?«, fragte er unvermittelt.

Wilma blinzelte indigniert. »Ich weiß es nicht«, antwortete sie zögernd. »Ich hatte mich am Abend in mein Zimmer eingeschlossen. Ich wollte niemand sehen, nachdem ich erfahren musste, dass die sterblichen Überreste unseres Vaters noch einmal in die Emder Pathologie gebracht werden sollten. Heute Morgen hat Knut mich dann mit Schlägen gegen meine Zimmertür geweckt, weil er mir unbedingt zeigen wollte, was Steffen inzwischen im Internet veröffentlicht hatte.« Sie schluchzte trocken auf. »So erfuhr ich, dass Henrik … dass er am Abend zuvor ermordet wurde!« Wilmas Augen weiteten sich plötzlich um einiges. »Denken Sie etwa, mein Bruder könnte … er könnte Henrik …« Sie schüttelte vehement den Kopf und starrte Ruth dann durchdringend an. »Steffen Grotje glaubt, Ihre Tochter hat Henrik ermordet. In seinem Blog klingt das gar nicht mal so unwahrscheinlich!« Zornig furchte sie die Stirn. »Natürlich wollen Sie das nicht gelten lassen. Darum soll Ihr Kollege jetzt auf

Biegen und Brechen einen anderen Schuldigen herbeizaubern: meinen Bruder. Aber nicht mit mir!«

Ruth hob abwehrend die Hände. »Ich bin eigentlich gar nicht hier.«

»Frau Fasan wird sich zu diesem Thema nicht äußern«, bekräftigte Hagen. »Ich leite diese Ermittlungen!«

Widerwillig wandte sich Wilma Hagen zu. »Es ist ungeheuerlich, dass Sie meinen Bruder verdächtigen. Knut ist kein Mörder!«

»Er hat nie einen Hehl daraus gemacht, dass er Henrik für den Mord an Elko Meming verantwortlich macht«, entgegnete Hagen. »Und er war sehr aufgebracht, weil wir Henrik nicht sofort verhaften wollten.«

»Und darum glauben Sie, er hat die Sache selbst in die Hand genommen und Henrik getötet. Um sich für den Mord an unserem Vater zu rächen?« Erzürnt stand sie auf. »Diese absurden Anschuldigungen können Sie meinem Bruder persönlich vortragen!« Sie wandte sich der offen stehenden Tür zu. »Knut!«, rief sie aufgebracht. »Wo bleibst du denn? Du wirst nicht glauben, was dieser Kommissar von dir denkt!« Sie horchte, erhielt jedoch keine Antwort. »Ich schaue mal, was er so lange treibt«, schimpfte sie wütend und verließ das Zimmer.

»Und?«, fragte Hagen an Ruth gerichtet. »Wie finden Sie, mache ich mich?«

Ruth setzte sich unruhig in ihrem Sessel auf. »Sehen Sie lieber nach, was da los ist«, forderte sie ihren Partner auf.

Hagen furchte die Stirn, setzte sich dann aber augenblicklich in Bewegung. In der Tür kam ihm Wilma entgegen. Sie wirkte verstört. »Knut ... offenbar hat er das Haus verlassen«, berichtete sie stockend.

Hagen drückte sich fluchend an der jungen Frau vorbei und rannte den Flur hinunter. Kurz darauf fiel die Haustür krachend hinter ihm zu.

Wilma sah die Hauptkommissarin betreten an. »Ist die Welt denn jetzt völlig aus den Fugen geraten? Ich verstehe überhaupt nichts mehr! Warum läuft Knut davon?«

»Es wird sich schon alles noch aufklären«, gab Ruth sich zuversichtlich. Sie erhob sich und trat ans Fenster. Durch die Gardine hindurch beobachtete sie, wie Hagen draußen im Regen umherrannte und in alle Richtungen spähte. Schließlich verschwand er aus ihrem Sichtfeld.

In den Gehirnwindungen der Hauptkommissarin arbeitete es, doch jedes Mal, wenn sie glaubte, der Lösung nahegekommen zu sein, zerstreute einer der Aspekte, die während der Ermittlungen zutage getreten waren, ihre Gewissheit. Nur eine vage Ahnung, wie diese Vorfälle zusammenhängen könnten, blieb zurück.

Ohne zu klingeln, kehrte Hagen schließlich ins Haus zurück. Er war ganz außer Atem und tropfnass, als er ins Wohnzimmer stolperte. »Er ist weg«, sagte er zerknirscht und warf Ruth einen auffordernden Blick zu. »Wir müssen sofort los!«

»Was haben Sie denn jetzt vor?«, fragte Wilma verzagt.

»Ihren Bruder vor einer weiteren Dummheit bewahren«, rief Hagen aufgebracht.

»Aber – er hat doch gar nichts verbrochen!«

»Seine Flucht bestärkt mich in meinem Verdacht, dass er sehr wohl etwas verbrochen hat«, gab Hagen aufgewühlt zurück. »Sein Verhalten zwingt mich, vom Schlimmsten auszugehen: dass er Henrik nämlich getötet hat, um sich für dessen vermeintlichen Mord an seinem Vater zu rächen. Doch nun musste er durch mich erfahren, dass Elko gar nicht ermordet wurde und er Henrik ungerechtfertigt umgebracht hat. Und wer ist seiner Meinung nach schuld daran?« Hagen beantwortete seine Frage selbst. »Steffen Grotje, der Elkos Unfalltod als Mord hinstellte. Knut hat jetzt nichts mehr zu verlieren. Darum wird er Steffen wegen seiner irreführenden Manipulation jetzt eigenhändig zur Rechenschaft ziehen!«

Wilma sank kraftlos aufs Sofa nieder. »Beeilen Sie sich«, keuchte sie. »Retten Sie meinen Bruder und halten Sie ihn davon ab, einen schlimmen Fehler zu machen!«

Kapitel 9

Hagen überließ Ruth das Steuer des BMW. »Wir müssen in den Pilsumer Weg – da wohnt Steffen Grotje zusammen mit seiner Freundin Miriam Schenk«, erklärte er und nannte die zur Wohnung gehörende Hausnummer. Anschließend widmete er sich seinem Smartphone und suchte einen Kontakt heraus.

Während der Wagen zügig den Schatthauser Weg hinunterrollte, versuchte Hagen mehrmals, Knut Meming über Handy zu erreichen. Der ignorierte seinen Anruf jedoch.

Ruth musste die Fahrt nun drosseln, denn sie hatten das Ende des Schatthauser Weges erreicht. Der war für den Publikumsverkehr gesperrt und frei gewesen, nun aber fanden sie sich mit dem zivilen Dienstwagen inmitten von Touristen wieder. Sie kamen nur noch im Schritttempo voran, denn trotz des Regens herrschte im Fischerdorf reges Treiben. Mit Regenschirmen und Windbreakern ausgestattete Familien hatten sich vor einer Fischbude versammelt und blockierten die Weiterfahrt.

Ruth ließ das Seitenfenster herab, klebte das magnetische Blaulicht aufs Dach und ließ die Sirene aufheulen. Augenblicklich bildeten die Menschen eine Gasse, damit der Wagen passieren konnte.

Da Hagen Knut nicht erreichen konnte, suchte er in der Liste der gespeicherten Kontakte nun nach Steffens Telefonnummer. Der junge Kommissar war ausgezeichnet vorbereitet, aber das nützte ihm nur wenig, denn er bekam auch Steffen nicht an die Strippe. Schließlich gab er es auf.

»Warum gehen die nicht ran?!«, schimpfte er.

»Wir sind ja gleich da«, versuchte Ruth ihn zu beruhigen. »Und Knut hat vor uns nur einen kurzen zeitlichen Vorsprung.«

»Sie glauben also auch, dass er sich auf den Weg zu Steffen Grotje gemacht hat?«

»Wir werden sehen.«

Hagen trommelte mit den Fingern nervös auf dem Armaturenbrett herum, und als Ruth den Wagen endlich vor dem Wohnhaus im Pilsumer Weg stoppte, stieß er die Tür auf und sprang hinaus in den Regen. Ruth folgte ihrem Partner dichtauf. Der zog seine Dienstwaffe, sobald er das Haus betreten hatte. Immer zwei Stufen auf einmal nehmend hastete er die Treppe hinauf. Vor der Wohnungstür angekommen, klingelte er Sturm.

Ruth legte den Kopf schief. »Horchen Sie mal!«, forderte sie ihren Partner auf.

Hagen ließ von dem Klingelknopf ab, und nun waren die Schreie, die hinter der Tür hervordrangen, deutlich zu hören.

»Da ruft jemand um Hilfe!« Hagen rüttelte am Türknauf, doch vergebens, er ließ sich nicht drehen. Entschlossen wich er einen Schritt zurück und trat mit voller Wucht gegen das Türblatt. Beim dritten Tritt brach das Schloss aus der Füllung. Hagen drückte die Tür mit der Schulter vollends auf und stürmte mit vorgehaltener Waffe in die Wohnung. Ruth folgte ihm in kurzem Abstand.

Die Schreie waren verstummt. Hagen schien jedoch zu ahnen, wohin er sich wenden musste, denn er stürzte gezielt auf eine der Zimmertüren zu und riss sie auf. Mit der Waffe im Anschlag betrat er den Raum. »Polizei. Keine Bewegung!«, rief er.

Als Hagen in das Zimmer huschte, blieb Ruth in der Türöffnung stehen und spähte in den schummerig beleuchteten Raum, der wie ein Hightech-Büro eingerichtet war. Knut saß rittlings auf Steffen, der mit dem Rücken am Boden lag. Beide Männer rangen keuchend miteinander; um sie herum lagen Dinge wie Tastaturen und ein Flachbildschirm, die sich zuvor auf dem Schreibtisch befunden haben mussten.

»Kommen Sie von dem Mann runter!«, befahl Hagen mit vorgehaltener Waffe.

Widerstrebend hob Knut die Hände. Die Knöchel waren aufgeplatzt. Umständlich kam er auf die Beine und wich vor Hagen zurück. Er blickte finster und wütend.

Steffen ächzte und betastete sein malträtiertes Gesicht. Als seine Finger die blutenden Lippen und das angeschwollene Auge berührten, stieß er einen scharfen Laut aus.

»Sind Sie okay?«, fragte Hagen ihn.

Steffen setzte sich auf und nickte benommen. Wütend starrte er Knut an, der noch immer mit erhobenen Händen dastand. »Dieser Irre wollte mich umbringen!«, rief er anklagend und spuckte Blut auf den Boden.

»Diese Abreibung hast du verdient!«, knurrte Knut zornig. »Mit deinen Manipulationen hast du unseren Vater entehrt und großes Unglück über meine Schwester und mich gebracht!«

Steffen kam wankend auf die Beine, hob den umgestürzten Gaming-Sessel auf und ließ sich hineinfallen.

»Wo ist Miriam, Ihre Freundin?«, fragte Hagen besorgt und steckte die Waffe zurück in das Holster.

Steffen winkte ab. »Die ist los, um ein paar Einkäufe zu erledigen, bevor dieser Wahnsinnige hier aufgetaucht ist.«

Knut ließ langsam die Arme sinken. »Miriam hätte ich kein Haar gekrümmt«, sagte er rau. »Aber du …« Er ballte die Fäuste und zitterte vor Wut.

Hagen wandte sich Knut zu. »Wo waren Sie gestern Abend?«, fragte er ihn unvermittelt.

Der junge Mann furchte unwillig die Stirn. »Was soll diese Frage?«

»Nun sagen Sie schon: Wo sind Sie gestern Abend gewesen?«, forderte Hagen.

»Ich war bei meinem Chef in der Autowerkstatt«, erklärte Knut schulterzuckend. »Herr Langau brauchte Hilfe, weil ein Kollege krank geworden war, der Wagen einer Kundin jedoch fertig gemacht werden musste.« Er kratzte sich am Hinterkopf. »Ich hatte wegen Elkos Tod eigentlich freibekommen, aber ich wollte meinen Chef nicht hängenlassen.«

»Wie lange waren Sie dort?«, fragte Hagen.

»Bis elf Uhr ungefähr.«

Hagen warf Ruth einen hilflosen Blick zu. Seine Theorie, dass Knut Henrik Looster aus Rache für den Mord an seinem Vater erschlagen hatte, hatte sich gerade in nichts aufgelöst. Knut hatte ein Alibi. Das musste zwar noch überprüft werden, klang aber durchaus glaubhaft.

Ruth wurde klar, dass Knut nicht deshalb in diese Wohnung gekommen war, um Steffen dafür bezahlen zu lassen, dass er ihn mit seinen Manipulationen dazu getrieben hatte, Henrik zu töten, der sich ja nun als unschuldig herausgestellt hatte. Er war tatsächlich nur deswegen aufgekreuzt, um Steffen eine Tracht Prügel zu verabreichen, weil dieser das Ableben seines Vaters auf schändliche Weise für seine Zwecke missbraucht hatte.

In Ruths Gehirnwindungen knisterte es förmlich, während sie die Puzzleteile zusammenfügte. Ihr Blick wanderte zu Steffen hinüber. »Existieren Aufnahmen von Elko Memings Leichnam, bevor Sie den Unfallort aufräumten und die Spuren beseitigten, die auf ein Unglück hindeuteten?«, fragte sie.

»Ich … ich weiß nicht, wovon …«

»Lassen Sie diese Spielchen!«, fuhr Hagen den Influencer an. »Wir wissen, was Sie getan haben, nachdem Sie Elko Meming tot im Pumpenhaus entdeckt haben!«

»Sogar ich habe dich durchschaut!«, grollte Knut.

»Ihre Manipulationen sind dafür verantwortlich, dass ein Mensch getötet wurde: Henrik Looster«, schaltete sich Ruth erneut ein.

»Ich habe Henrik nicht umgebracht!«, schrie Steffen mit überschnappender Stimme. »Aber Ihre Tochter, sie kann es gewesen sein!«

»Wer immer es gewesen ist – wir werden die Aufnahmen des Originalzustandes des Unfallortes brauchen, um den Mörder zu überführen«, gab Ruth hart zurück.

Steffen fuhr sich mit der Hand übers Gesicht. »Also gut. Ja – diese Aufnahmen gibt es wirklich!«, gestand er gequält. »Sie sind in meiner Cloud gespeichert.«

»Wer außer Ihnen hat dieses Video noch gesehen?«, verlangte Ruth zu wissen.

»Niemand«, versicherte Steffen. »Außer vielleicht Miriam. Aber die …«

»Ihre Freundin wusste also, dass Elko nicht ermordet wurde, sondern aufgrund eines Unfalls starb?«, fragte Hagen streng.

Steffen sah gehetzt zwischen den Kriminalisten hin und her. »Hören Sie … Sie müssen Miriam da raushalten. Sie hat nichts …«

Ruth berührte Hagen an der Schulter. »Henrik ist mit einer Eisenstange erschlagen worden«, erinnerte sie ihn eindringlich.

»Die mit der Pleuelstange nahezu identisch ist, die Elko Meming tötete«, ergänzte Hagen, dem dämmerte, worauf seine Chefin hinauswollte. »Dadurch sollte der Anschein erweckt werden, dass ein Zusammenhang zwischen diesen beiden angeblichen Morden besteht.«

»Wir haben während unserer Befragungen nie erwähnt, dass wir davon ausgingen, dass Elko Meming mit einer Eisenstange erschlagen wurde«, sagte Ruth.

Hagen nickte bedächtig. »Nein, das haben wir nicht.«

»Es gab jedoch zwei Menschen, die wussten, dass Elko Meming sein Leben wegen dieser Pleuelstange verloren hat.«

»Steffen Grotje und Miriam Schenk wussten es.«

Ruth wandte sich Steffen zu, der sie entgeistert anstarrte. »Sie haben Henrik nicht getötet«, sagte sie kühl. »Zur Tatzeit haben Sie mich beschattet.«

Dem Influencer klappte der Mund auf. »Miriam ... sie soll ... aber warum?«

»Vielleicht wollte sie, dass Sie in Ihren Blogs und Videokanälen weiterhin Interessantes zu berichten haben«, antwortete Hagen. »Ich erinnere mich noch gut, wie stolz sie war, dass Sie mit Ihren Internetaktivitäten endlich Geld verdienen, Geld, das dringend gebraucht wird, nun, da Sie im Begriff sind, eine Familie zu gründen.«

Steffen schluckte trocken. »Das ... das kann ich nicht glauben!«

Ruth meinte, einen nachdenklich-erschrockenen Ausdruck in Steffens desolatem Gesicht auszumachen. Ahnte er womöglich etwas? »Wie könnte Miriam an eine Eisenstange mit einem Durchmesser von ungefähr acht Zentimetern herangekommen sein?«, fragte sie einer Eingebung folgend.

Steffen sackte in seinem Gaming-Sessel förmlich in sich zusammen. »Ich verwahre verschiedene Stangen und Streben im Keller. Sie sind vom Bau meines Büros übriggeblieben.«

»Bringen Sie uns hin!«, forderte Hagen, und an Knut gerichtet sagte er: »Und Sie kehren zu Ihrer Schwester zurück. Sie macht sich große Sorgen um Sie!«

Knut nickte abgehackt, stieß sich von der Wand ab und eilte hinaus.

*

Steffens Keller wirkte aufgeräumt und ordentlich. Über einer Werkbank hingen Werkzeuge an gekennzeichneten Stellen an einem Brett, und in einem Stahlregal lagerten fein säuberlich zurechtgelegte Materialien verschiedener Art. Darin wühlte Steffen jetzt hektisch herum. Sein aufgequollenes Gesicht sah unnatürlich blass aus, als er sich Ruth und Hagen schließlich zuwandte. »Es war noch eine dicke, etwa armlange Eisenstange da ... aber die ist jetzt weg!«, sagte er.

Hagen krauste nachdenklich die Stirn. »Ich kann mir nicht vorstellen, dass Miriam mit einer Eisenstange bewaffnet durch Greetsiel spaziert ist. Damit wäre sie unweigerlich aufgefallen.«

Ruth war an der gegenüberliegenden Wand ein leerer Haken aufgefallen. Daneben ragte eine identische Halterung aus der Wand, an der das Futteral einer Angel hing. »Sollte dort nicht eine zweite Angeltasche hängen?«, fragte sie aufs Geratewohl.

Steffen taumelte rückwärts gegen das Regal und nickte. »Heute Morgen – da hat die Schutzhülle für meine Angel dort noch gehangen!«, keuchte er.

Hagen schreckte sichtlich zusammen. »Soll das etwa heißen, Miriam könnte sich in diesem Moment mit einer Angeltasche, in der die Tatwaffe steckt, durch Greetsiel bewegen?«

»Damit würde sie zumindest nicht weiter auffallen«, merkte Ruth mit rauer Stimme an.

»Miriam wollte aber doch einkaufen gehen«, sagte Steffen, der noch immer nicht glauben konnte, dass seine Freundin all das getan haben könnte, was sie dem momentanen Anschein nach getan hatte.

»Entweder sie will die Tatwaffe gerade verschwinden lassen, oder sie … sie plant einen weiteren Mord«, überlegte Ruth laut.

»Clarissa!«, rief Hagen voller böser Vorahnungen. »Vielleicht will sie Clarissa etwas antun?«

»Warum sollte sie sowas auch nur in Erwägung ziehen?«, fragte Steffen entgeistert.

Anklagend deutete Hagen auf den Influencer. »Sie haben Henrik indirekt beschuldigt, Elko umgebracht zu haben. Daraufhin wurde er getötet. Dann beschuldigten Sie Clarissa, Henrik auf dem Gewissen zu haben. Und jetzt ist Clarissa an der Reihe. Wem werden Sie dieses Verbrechen dann wohl anlasten? Clarissas Mutter, Ruth Fasan, natürlich!«

»Das … das ist Unsinn!« Steffens verzagter Stimme war anzuhören, dass er langsam anfing, an das Böse in seiner Freundin zu glauben.

»Es gibt noch eine weitere Übereinstimmung zwischen Elko Meming und Henrik Looster«, gab Ruth zu bedenken, die Hagens Überlegungen ein bisschen weit hergeholt vorkamen.

»Das Greetsieler Schöpfwerk«, erkannte ihr Partner augenblicklich. »Beide haben dort gearbeitet!«

Ruth nickte »Dagmar Daniels«, sagte sie dann wie zu sich selbst. Eindringlich sah sie Hagen an. »Wir müssen Clarissa und die Frau warnen, die momentan im Pumpenhaus Dienst tut!«

Steffen hob sein Smartphone. »Ich habe gerade versucht, Miriam zu erreichen. Sie hat ihr Handy aber anscheinend ausgeschaltet«, berichtete er.

Hagen fasste einen Entschluss. »Sie kümmern sich um diese Dagmar Daniels und ich mich um Clarissa«, befahl er seiner Chefin.

*

Clarissa anzurufen und ihr zu sagen, dass sie niemanden ins Haus lassen sollte, war einfach. Hagen erledigte dieses Telefonat per Freisprechanlage, während er im zivilen Einsatzwagen saß und die Mühlenstraße entlangfuhr. Um zu Ruths strohgedecktem Deichhaus zu kommen, musste er einmal quer durch das Fischerdorf fahren; er würde mindesten zwanzig Minuten brauchen, um sein Ziel zu erreichen.

Ruth, die sich von Steffen ein Fahrrad geliehen hatte, kam wesentlich schneller beim Schöpfwerk an. Ihr schwante nichts Gutes, als sie die Eingangstür offen vorfand. Geräuschlos huschte sie in die Halle und zog ihre Dienstwaffe. Dass sie vom Regen klatschnass war, nahm sie dabei kaum wahr. Scharf zog sie Luft zwischen die Lippen ein, denn unmittelbar vor ihr lag das Futteral für eine Angel, das jedoch leer war. Im selben Moment hörte sie einen spitzen Aufschrei. Er kam aus dem Raum der Steueranlage!

Ruth sprintete los, prellte die nur angelehnte Tür mit der Schulter auf und riss die Waffe hoch.

Miriam stand mit erhobener Eisenstange vor Dagmar, die hingestürzt war und den angewinkelten Arm schützend um den Kopf gelegt hatte.

»Polizei. Lassen Sie sofort die Stange fallen!«, schrie Ruth.

Miriam wirbelte erschreckt zu ihr herum, die schwere Stange mit den Händen zum Schlag erhoben. »Sie … Sie dürften gar nicht hier sein!«, kreischte sie schrill. »Gehen Sie weg!«

Sie drehte sich Dagmar zu, doch die hatte die Beine inzwischen an den Körper gezogen und trat Miriam mit den Arbeitsstiefeln jetzt hart in den Bauch.

Miriam taumelte zurück und krümmte den Leib. Die Eisenstange entglitt ihren Händen. Wimmernd ging sie in die Knie. »Mein Baby, mein Baby«, schluchzte sie.

Ruth war mit wenigen Schritten bei ihr, verstaute die Pistole und packte Miriam bei den Schultern. Behutsam legte sie die junge Frau auf den Boden. »Rufen Sie einen Notarzt!«, rief sie Dagmar zu, die sich die Schulter hielt. Dort hatte Miriam sie mit der Eisenstange offenbar getroffen, denn der Stoff der Arbeitsjacke hatte sich an dieser Stelle dunkel verfärbt.

»Mach ich!« Dagmar begann die Aufnähtaschen ihres Overalls nach ihrem Handy abzutasten.

Derweil blickte Ruth in Miriams wirres, verzerrtes Gesicht, das jetzt von Tränen genetzt war. »Ich verhafte Sie wegen Mordes an Henrik Looster und wegen versuchten Totschlags«, teilte sie ihr förmlich mit.

»Mein Baby«, jammerte Miriam, zu der Ruths Worte nicht durchgedrungen zu sein schienen. »Mein armes, armes Baby!«

»Was hat sie?«, erkundigte sich Dagmar beklommen. Sie hielt sich das Handy ans Ohr und wartete darauf, dass ihr Anruf entgegengenommen wurde.

»Sie ist vermutlich schwanger«, sagte Ruth tonlos.

Dagmar presste betreten die Lippen aufeinander. »Das ... das wusste ich nicht.« Sie drehte sich rasch weg und redete dann hektisch auf ihren Gesprächspartner am anderen Ende der Verbindung ein.

Miriam hielt sich den Bauch und wimmerte herzzerreißend. Dabei wirkte sie wie abwesend.

»Der Notarzt ist unterwegs«, rief Dagmar kurz darauf zu Ruth herüber. Sie deutete ein verzagtes Lächeln an. »Die Polizei muss ich ja nicht verständigen. Die ist ja schon da.«

*

Zwei Tage später saßen Ruth und Clarissa im Sonnenschein auf der Veranda des Deichhauses und nippten jede an einer Tasse Eistee.

»Dann war Miriam Schenk also gar nicht schwanger?« Clarissa schüttelte indigniert den Kopf. »Aber warum wollte sie das Steffen unbedingt glauben machen? Und warum hat sie sich bis zuletzt so aufgeführt, als wäre sie es?«

Ruth zuckte mit den Schultern. »Die Psychologen, die sich um sie kümmern, werden es vielleicht eines Tages herausfinden. Womöglich wollte Miriam mit ihrer vorgetäuschten Schwangerschaft kompensieren, dass sie Henrik Looster das Leben genommen hatte.«

Clarissa ließ die Tasse sinken. »Wird sie als unzurechnungsfähig eingestuft?«

Ruth hob eine Schulter. »Ein abschließendes Gutachten der Psychologen liegt noch nicht vor. Aber denkbar wäre es.«

Clarissa seufzte. »Immerhin hat sie gestanden, Henrik ermordet zu haben. Diese schlimmen Vorkommnisse haben also endlich ein Ende gefunden.«

»Die Rolle, die Steffen Grotje dabei gespielt hat, wird für ihn ebenfalls ein juristisches Nachspiel haben«, sagte Ruth. »Er wird mit einer harten Strafe rechnen müssen.«

Betrübt schüttelte Clarissa den Kopf. »Ein unschuldiger Mensch hat wegen dieser Leute sterben müssen. Das ist traurig. Henrik war einer von den Guten!«

Ruth sah ihre Tochter von der Seite an. »So unbeteiligt war Henrik am Ende vielleicht gar nicht«, deutete sie an.

Clarissa furchte die Stirn. »Was meinst du?«

»Dieser ausgetauschte Schalter, von dem ich dir berichtet habe … Er wurde im kriminaltechnischen Labor genauestens untersucht. Henriks Fingerabdrücke wurden darauf und sogar im Innern sichergestellt. Wahrscheinlich hat er diesen Schalter selbst zusammengebastelt. Das Teil sollte eine vollautomatische Abfolge der Pumpenanlage simulieren. So wie Henrik es für das Schöpfwerk immer gefordert hatte.«

Clarissa holte tief Luft. »Er konnte aber doch nicht ahnen, dass dieser Schalter diesen schrecklichen Unfall verursachen würde. Es war eine Verkettung unglücklicher Zufälle.«

»Hervorgerufen durch den ausgetauschten Schalter«, bestätigte Ruth unnachgiebig.

»Es ist nur Auslegungssache zu behaupten, Henrik wäre in irgendeiner Weise schuld am Tod von Elko Meming«, beharrte Clarissa.

Ruth lehnte sich entspannt in ihrem Sessel zurück. »So ist es, meine Liebe. Reine Auslegungssache. Für mich genauso wie für dich.«

ENDE

»Die Leiche im Schlick«, Band 5
Taschenbuch-ISBN: 978-3-96586-669-0
eBook-ISBN: 978-3-96586-670-6

»Die Leiche im Sieltief«, Band 6
Taschenbuch-ISBN: 978-3-96586-715-4
eBook-ISBN: 978-3-96586-716-1

»Die Leiche auf dem Gulfhof«, Band 7
Taschenbuch-ISBN: 978-3-96586-774-1
eBook-ISBN: 978-3-96586-775-8

»Die Leiche auf dem Krabbenkutter«, Band 8
Taschenbuch-ISBN: 978-3-96586-827-4
eBook-ISBN: 978-3-96586-828-1

»Die Leiche auf der Deichkrone«, Band 9
Taschenbuch-ISBN: 978-3-96586-866-3
eBook-ISBN: 978-3-96586-867-0

»Die Leiche in Greetsiel«, Band 10
Taschenbuch-ISBN: 978-3-96586-926-4
eBook-ISBN: 978-3-96586-927-1

»Die Leiche bei der Geburtstagsfeier«, Band 11
Taschenbuch-ISBN: 978-3-96586-966-0
eBook-ISBN: 978-3-96586-967-7

»Die Leiche am Greetsieler Hafen«, Band 12
Taschenbuch-ISBN: 978-3-68975-026-8
eBook-ISBN: 978-3-68975-027-5